Jean Cocteau
Les Enfants terribles

•

앙팡 떼리블

창 비 세 계 문 학

48

•

앙팡 떼리블

•

장 꼭또
심재중 옮김

창비

차례

•

일러두기

1. 이 책은 Jean Cocteau, *Les Enfants terribles* (Paris: Grasset & Fasquelle 2013)을 번역 저본으로 삼았다.

2. 본문 중의 각주는 옮긴이의 것이다.

3. 외국어는 되도록 현지 발음에 가깝게 표기하되, 우리말 표기가 굳어진 것은 관용을 따랐다.

4. 원문에서 이탤릭체로 강조한 부분은 고딕체로 표시했다.

1부

1

몽띠에 주택단지는 암스떼르담 가와 끌리시 가 사이에 끼어 있다. 끌리시 가 쪽에서 들어가려면 철제 격자문을 통해야 하고, 암스떼르담 가 쪽에서 들어가려면 항상 열려 있는 높다란 대문과 건물 밑으로 난 아치형 통로를 지나가야 하는데, 그 건물의 안뜰이 주택단지인 셈이다. 길쭉한 형태의 안뜰에는 작은 저택들이 공동주택 건물의 밋밋하고 높은 담 발치에 숨은 듯 웅크리고 있다. 휘장 블라인드를 친 창들이 달린 그 저택들은 틀림없이 화가들이 사는 집들일 것이다. 짐작건대 그 내부는 문장紋章, 수단繡緞 장식, 바구니에 담긴 고양이 그림과 볼리비아 각료들의 가족 초상화로 가득하고, 그곳에 사는 무명이거나 저명하거나 그림 주문에 시달리며 공식적인 인정의 무게에 짓눌리는 화가는 시골 주택단지 같은 그곳의 고요함 덕분에 방해받지 않고 조용히 살아간다.

그러나 하루에 두번, 오전 10시 반과 오후 4시가 되면, 한바탕 소란이 그 고요를 깨뜨려놓는다. 암스떼르담 가 72의 2번지 맞은편에 있는 꽁도르세 고등학교 부속중학교의 교문이 열리는 때가 그때인데, 학생들이 몽띠에 주택단지를 자신들의 본부로 정해놓았기 때문이다. 거기가 그들의 그레브 광장¹이다. 그곳은 중세 시대의 광장 같은 곳으로, 연애와 놀이의 장소이자 기적의 안뜰²이고, 우표와 구슬 거래가 이루어지는 장터이며, 판관들이 죄수들을 심판하고 처형하는 살벌한 장소이자, 교실에서 실행에 옮겨지면 그 치밀한 준비에 선생들도 놀라고 마는 신입생 신고식이 오래전부터 미리 모의되는 장소이기도 하다. 5학년³들의 혈기가 정말 대단하기 때문이다. 내년에 4학년이 되면 그들은 꼬마르땡 가로 등교하면서 암스떼르담 가를 우습게 여길 것이고, 제법 한몫을 하게 될 것이고, 배낭(메는 가방 말이다) 대신에 네모난 천과 띠로 묶은 책 네권을

---

1 쎈 강변에 위치한 빠리 시청 앞 광장. 절대왕정 시대부터 프랑스대혁명에 이르기까지 수많은 사형수의 공개 처형이 이루어진 장소이다.
2 기적의 안뜰은 앙시앵 레짐하에서 거지와 부랑자들이 모여들던 빠리의 특정 구역을 가리킨다. 불구자 행세를 하며 구걸하던 사람들이 밤에 그곳으로 돌아오면 다시 멀쩡해진다는 것 때문에 생겨난 이름이다.
3 프랑스의 학제는 중학교와 고등학교가 이어진다. 지금의 프랑스 5학년은 우리나라의 중학교 2학년에 해당하지만, 이 소설이 쓰인 1920년대에는 중학교 졸업반에 해당했다. 또한 프랑스 중등 교육 과정은 학년이 올라갈수록 급수가 줄어든다. 꽁도르세 고등학교는 실제로 장 꼭또 자신이 다닌 학교이기도 하다.

들고 다닐 것이다.

그러나 5학년 아이들의 경우에는 이제 막 깨어나기 시작하는 그 힘이 아직은 유년의 불가해한 충동들을 이기지 못한다. 동물적이면서도 식물적인 충동들, 우리의 뇌리에는 그것들이 몇몇 고통에 대한 기억 이상으로 남아 있지 않고 또 어른들이 다가가면 아이들은 입을 다물어버리기 때문에, 그 구체적인 드러남의 현장을 목격하기가 어려운 충동들. 아이들은 입을 다물고, 시침 떼며 딴청을 부린다. 그 뛰어난 배우들은 대뜸 짐승처럼 털을 곤두세우거나 화초처럼 공손하고 상냥한 태도를 꾸밀 줄 알아서, 자기네들의 은밀한 종교의식을 절대로 노출시키지 않는다. 우리가 아는 것이라고는 그 의식에 속임수, 희생, 약식재판, 공포, 형벌, 인신 공여가 필요하다는 것뿐이다. 세부 사항들은 베일에 묻혀 있고, 그 종교의식의 신자들에게는 어쩌다가 몰래 엿듣게 된다 하더라도 우리 어른들로서는 이해하기 어려운 자기들만의 고유어법이 있다. 그 의식에서는 모든 거래가 마노 구슬이나 우표로 환산된다. 봉헌물이 우두머리나 반신半神의 호주머니를 불룩하게 채워주고, 외침 소리가 비밀집회를 은폐해준다. 그래서 짐작건대, 호사스러운 실내에 틀어박혀 사는 화가들 중 하나가 블라인드 줄을 잡아당겨 창문의 휘장을 열어젖힌다고 하더라도, 그 아이들의 모습에서 자신이 좋아하는 소재들 중 하나, 예컨대 '눈싸움하는 꼬마 굴뚝 청소부들' '손바닥으로 때린 사람 알아맞히기 놀이' '귀여운 장난꾸러기들'과 같은 제목의 그림 소재를 발견하기는 어려울 것이다.

그날 저녁은 눈이 왔다. 전날부터 내린 눈은 무대 배경을 완전히 바꾸어놓았다. 주택단지는 시간을 거슬러 과거 시대로 되돌아갔다. 사람들이 다니기 편한 땅에는 눈이 녹아서, 다른 어디에도 이제는 눈이 내리지 않고 그곳에만 내려 쌓이는 것 같았다.

등교하는 아이들이 단단하고 지저분한 땅바닥을 이미 짓이겨대고, 으깨고, 다지고, 미끄럼질로 할퀴어놓았다. 지저분한 눈이 봇도랑을 따라 홈을 이루었다. 그리고 그렇게 내린 눈은 작은 저택들의 층계, 차양, 외벽을 덮은 눈이 되었다. 창틈을 막은 눈, 처마 끝 돈을 새김의 눈, 가벼운 눈송이가 모인 묵직한 덩어리들은 건물의 윤곽을 투박하게 만드는 대신에 주위에 어떤 감동과 예감을 드리워놓았다. 라듐 회중시계처럼 부드럽게 스스로 빛을 발하는 눈 덕분에, 호사스러움의 정수精髓가 석조건물을 관통하여 부드러운 벨벳으로 시각화되면서 주택단지를 납작하게 내리덮었고, 마법을 건 것처럼 단지 전체를 환각 속의 살롱으로 바꾸어놓았다.

아래쪽의 정경은 그보다는 덜 온화한 느낌이었다. 텅 빈 전쟁터 같은 그곳을 가스등이 희미하게 비추었다. 갈라진 빙판 틈 밑으로 생살을 드러낸 바닥에는 울퉁불퉁한 포석이 드러나 있었다. 하수구 앞의 지저분한 눈 비탈은 매복하기에 좋았고, 흉흉한 겨울바람에 가스등 불빛이 간간이 희미해졌으며, 외진 구석 자리에서는 언제나처럼 사망자들이 이미 보살핌을 받고 있었다.

그 각도에서 보면 무대의 광경이 다르게 보였다. 이제 저택들은 이상한 극장의 칸막이 좌석이 아니라 적의 통행을 가로막는 장애물 역할을 하도록 일부러 소등해놓은, 말 그대로 집들이 되었다.

눈 때문에 주택단지가 어릿광대들, 곡예사들, 사형집행인들, 장사꾼들이 모여드는 공터라는 모습을 잃었기 때문이다. 눈은 주택단지에 전쟁터라는 특별한 의미, 특정한 용도를 부여한다.

4시 10분부터 전투가 시작되어서, 이제 아치형 입구를 통과하는 것은 무모한 짓이 되었다. 아치 밑에 집결한 예비 병력은 하나씩 혹은 둘씩 짝지어 온 신병들로 수효가 불어났다.

"다르즐로 봤니?"

"응…… 아니, 모르겠는데."

대답을 한 아이는 다른 아이의 도움을 받아 첫번째 부상병들 중 하나를 부축하여 주택단지에서 아치 밑으로 데려오는 중이었다. 무릎에 수건을 둘러맨 부상병은 동료들의 어깨를 붙잡은 채 깨금발로 뛰었다.

질문을 한 아이는 창백한 얼굴에 우울한 눈빛을 하고 있었다. 마치 장애인의 눈빛 같았다. 아이는 다리를 절었고, 정강이까지 내려오는 외투 밑에는 곱사등이나 혹, 또는 다른 어떤 심각한 기형이 감추어져 있을 것만 같았다. 문득 외투 자락을 뒤로 젖히면서 그가 아이들의 책가방이 쌓여 있는 구석으로 다가갔다. 그러고 보니 그의 고장 난 허리, 불편한 거동은 무거운 가죽 가방을 메는 독특한 방식 때문이었다는 것을 알 수 있었다. 책가방을 벗어 던진 아이는 더이상 불구자가 아니었지만, 눈빛만은 여전했다.

그는 전투가 벌어지고 있는 곳으로 향했다.

오른쪽, 아치형 통로와 잇닿은 보도 위에서 포로 하나가 신문을 받고 있었다. 깜박거리는 가스등이 그 장면을 비추었다. 포로(키 작은 아이)는 상체를 벽에 기댄 채 네명의 학생에게 붙잡혀 있었다. 포로의 다리 사이에 쭈그려 앉은 키 큰 아이 하나가 포로의 두 귀를 잡아당겨 자기의 험상궂은 얼굴을 똑바로 바라보게 만들었다. 그 흉측하게 찡그린 얼굴의 침묵이 희생자를 겁먹게 만들었다. 아이는 울면서 눈을 감으려고, 고개를 숙이려고 애를 썼다. 그럴 때마다 무서운 표정의 아이는 잿빛으로 더러워진 눈을 양손으로 움켜쥐고 포로 아이의 두 귀에 문질러댔다.

무리를 지나친 창백한 얼굴의 아이는 쏟아지는 탄환들 사이로 나아갔다.

그는 다르즐로를 찾고 있었다. 그는 다르즐로를 좋아했다.

사랑이 뭔지 알기도 전의 사랑이었기 때문에, 그 애정은 아이를 더한층 번민하게 만들었다. 그것은 치료 수단이 전혀 없는, 모호하고도 강력한 병이었고, 성별도 목적도 없는 순결한 욕망이었다.

다르즐로는 학교 전체의 우두머리 수컷이었다. 그는 자기에게 도전하거나 자기를 보좌하는 아이들을 높이 평가했다. 그런데 그의 헝클어진 머리, 상처 난 무릎, 주머니 속이 수상쩍은 그의 윗옷 앞에만 서면, 창백한 얼굴의 아이는 도무지 어쩔 줄을 몰라했다.

전투가 창백한 얼굴의 아이에게 용기를 주었다. 자기도 달려가서 다르즐로와 한 무리가 되어 싸우고, 방어하고, 자기도 뭔가 할 수 있다는 것을 다르즐로에게 증명해 보이고 싶었다.

눈덩이가 날아다니고, 외투에 맞아 부서지고, 벽에 부딪쳐 별 모양의 흔적을 남겼다. 여기저기에서, 깜빡거리는 빛과 어둠 사이사이로, 뭐라고 소리치는 입, 빨갛게 달아오른 세세한 얼굴 표정, 목표물을 가리키는 손이 보였다.

비틀거리며 여전히 누군가의 이름을 부르려고 하는 창백한 얼굴의 아이를 손 하나가 가리켜 보인다. 아이는 자기 우상의 부하들 중 하나가 층계참에 서 있는 것을 이제 막 알아보았다. 그 부하가 아이를 목표물로 지목한다. "다르즐……" 하고 아이가 입을 여는 순간, 눈덩이가 아이의 입을 때리며 입속으로 들어와 이를 얼얼하게 만든다. 얼핏 웃음소리가 들리고, 웃음소리와 나란히, 자신의 본부 한가운데에 볼이 빨갛게 달아오르고 머리가 헝클어진 모습으로 우뚝 서 있는 다르즐로의 엄청나게 큰 동작이 눈에 들어온다.

눈덩이 하나가 날아와 아이의 가슴 한복판을 맞힌다. 불길한 한방. 대리석 돌주먹 같은 한방. 석상石像의 주먹 같은 한방. 아이의 머릿속이 하얘진다. 초자연적인 조명을 받으며 높은 단 위에 서 있는 것 같은 다르즐로, 들었던 팔을 내려뜨린, 어리둥절한 표정의 다르즐로가 아이의 시선에 얼핏 들어온다.

아이는 땅바닥에 쓰러졌다. 아이의 입에서 흘러나온 피가 턱과 목을 붉게 물들이며 눈 속으로 스며들었다. 호루라기 소리가 울려 퍼졌다. 잠깐 사이에 주택단지는 텅 비어버렸다. 호기심 많은 몇몇 아이들만이 쓰러진 몸뚱어리 주위로 몰려가서, 도와줄 생각은 전혀 없이 피로 붉어진 아이의 입만 뚫어져라 쳐다보았다. 몇몇 아이들은 겁이 나서 손가락 마디를 뚝뚝 꺾으며 뒤로 물러났다. 아이들은 입술을 삐죽 내밀고, 이맛살을 찌푸리고, 고개를 설레설레 흔들었다. 다른 아이들은 미끄럼질 쳐서 자기들 가방이 있는 곳으로 돌아갔다. 다르즐로의 무리는 층계참에서 움직이지 않았다. 희생자 아이가 처음에 전투에 뛰어들면서 제라르라고 불렀던 학생에게서 소식을 전해 들은 학감과 수위가 마침내 모습을 나타냈다. 제라르가 앞장서서 두 사람을 안내했다. 두 사람이 환자를 일으켜세웠다. 학감이 그늘진 쪽을 쳐다보았다.

"다르즐로, 자넨가?"

"네, 선생님."

"따라오게."

일행이 발걸음을 옮기기 시작했다.

아름다움의 특권은 엄청나다. 아름다움은 미처 그것을 인지하지 못하는 사람들에게도 영향을 미친다.

선생님들은 다르즐로를 좋아했다. 학감은 이 이해하기 힘든 사건 때문에 아주 곤혹스러웠다.

쓰러진 학생은 수위실로 옮겨졌고, 사람 좋은 여자 수위가 아이를 씻기고 제정신이 들게 하려고 애를 썼다.

다르즐로는 출입문께에 서 있었다. 호기심 많은 아이들이 문 뒤로 몰려들었다. 제라르는 울면서 친구의 손을 잡고 있었다.

"무슨 일인지 말해보게, 다르즐로." 학감이 말했다.

"말씀드릴 게 아무것도 없습니다, 선생님. 눈싸움을 하고 있었거든요. 제가 눈덩이 하나를 쟤한테 던졌어요. 아주 단단한 눈덩이였나봐요. 그게 저 친구 가슴 한복판에 맞았는데, '아!' 하고 비명을 지르면서 그냥 그렇게 쓰러졌어요. 처음에 나는 저 친구가 다른 눈덩이에 맞아서 코피가 나는 건 줄 알았어요."

"눈덩이에 맞는다고 가슴에 상처가 나지는 않지."

"선생님, 선생님," 제라르라는 이름으로 불리던 학생이 끼어들었다. "다르즐로가 눈덩이 안에 돌을 넣었어요."

"사실인가?" 학감이 물었다.

다르즐로가 어깨를 으쓱했다.

"대답하지 않을 건가?"

"그럴 필요 없겠네요. 보세요, 쟤가 눈을 뜨잖아요. 저 친구한테 물어보세요……"

환자의 의식이 깨어나고 있었다. 친구가 제 소맷부리로 환자 아이의 머리를 받쳤다.

"기분이 어떤가?"

"죄송합니다……"

"사과할 필요 없네, 자넨 환자야. 자네 기절했었어."

"기억납니다."

"무엇 때문에 기절했는지 말해줄 수 있겠나?"

"가슴에 눈덩이를 맞았어요."

"눈덩이를 맞는다고 기절하지는 않지!"

"다른 건 맞지 않았어요."

"자네 급우 말로는, 눈덩이 속에 돌이 숨겨져 있었다는데."

환자 아이의 눈에 다르즐로가 어깨를 으쓱하는 것이 보였다.

"제라르가 제정신이 아니네요." 아이가 말했다. "너 미쳤구나. 그 눈덩이는 그냥 눈덩이였어요. 제가 뛰어가다가 갑자기 울혈이 생겼나봐요."

학감이 안도의 숨을 내쉬었다.

다르즐로는 나가려고 했다. 그러더니 생각을 바꾸어 환자 쪽으로 걸어가는 듯했다. 관리인들이 펜대, 잉크, 단과자를 파는 판매대 앞에 이르러 잠시 머뭇거리더니, 자기 호주머니에서 동전들을 꺼내어 매대 가장자리에 올려놓고는 감초말이 하나를 집어들었다. 중학생들이 즐겨 빨아먹는, 둘둘 말아놓은 운동화 끈처럼 생긴 과자였다. 그러고는 수위실을 가로질러, 마치 군대식 경례를 붙이듯 한 손을 관자놀이에 갖다 대며 밖으로 사라졌다.

학감은 환자를 집까지 데려다주려고 했다. 미리 불러놓은 자동차가 대기하고 있었지만, 제라르가 그럴 필요 없다고, 학감 선생님이 가시면 가족들이 오히려 걱정할 거라고, 학감 대신 자기가 환자를 집에 데려다주겠노라고 말했다.

"게다가, 보세요," 제라르가 덧붙였다. "뽈이 기운을 되찾고 있잖아요."

사실 학감에게 썩 내키는 걸음은 아니었다. 눈이 오고 있었다. 학생이 사는 곳은 몽마르트르였다.

그는 아이가 택시에 타는 것을 지켜보았고, 어린 제라르가 자신의 목도리와 외투를 자기 급우에게 둘러주는 것을 보고는 학감으로서 책임을 다했다고 생각했다.

2

　자동차는 얼어붙은 땅 위를 천천히 달렸다. 제라르는 친구의 가
없은 얼굴이 자동차 구석 자리에서 좌우로 흔들리는 것을 지켜보
았다. 제라르 쪽에서는 올려다보이는 친구의 창백한 얼굴이 구석
자리를 환하게 만들었다. 제라르는 친구가 눈을 감고 있는지 어쩐
지도 알기 어려웠고, 엉겨 붙은 작은 피딱지가 주위에 남아 있는
입술과 콧구멍밖에는 분간이 되지 않았다. 제라르가 "뽈……" 하
고 웅얼거렸다. 뽈은 그 소리를 들었지만, 극도의 피로감 때문에 아
무 대꾸도 하지 않았다. 그는 외투 자락 밑으로 손을 뻗어 제라르
의 손 위에 얹었다.

그런 종류의 위험을 마주하게 되면, 아이들의 반응은 대개 양극단 사이를 오간다. 삶이 닻을 내리고 있는 깊이와 그 막강한 잠재력을 짐작할 수 없어서, 아이들은 이내 최악을 상상한다. 그러나 죽음을 정면으로 바라볼 능력 또한 아직은 없기 때문에, 아이들에게는 그 최악이 전혀 현실로도 여겨지지 않는다.

제라르는 혼잣말을 되풀이했다. "뽈이 죽어, 뽈은 죽을 거야." 그렇지만 그 말을 믿지는 않았다. 그에게 뽈의 그 죽음은 눈 위에서의 여행, 계속 이어질 것 같은 어떤 꿈의 자연스러운 연속처럼 보였다. 왜냐하면 뽈이 다르즐로를 좋아하듯이 제라르는 뽈을 좋아했지만, 제라르의 눈에 비친 뽈의 매력은 그의 나약함이었기 때문이다. 뽈의 시선이 오로지 다르즐로라는 불꽃에만 꽂혀 있었기 때문에, 제라르는 뽈이 그 불꽃에 타서 화상을 입지 않도록 강하고 정의로운 자신이 뽈을 지켜보고, 살피고, 보호해야겠다고 생각했다. 그런데 아치 밑에서는 얼마나 어리석었던가! 뽈이 다르즐로를 찾았을 때 제라르는 무관심한 태도로 뽈을 놀래주고 싶었고, 뽈을 싸움터로 이끈 것과 똑같은 감정 때문에 뽈을 따라가지 않았다. 구경꾼들을 한발짝 물러나 있게 만드는 그런 위태로운 자세로 뽈이 피를 흘리며 쓰러지는 것을 제라르는 멀리서 보았다. 자기가 가까이 가면 다르즐로와 그의 무리가 사람들한테 알리지 못하게 할 거라는 생각에, 제라르는 도와줄 사람을 찾아 뛰었다.

이제 제라르는 익숙한 습관의 리듬을 되찾았고, 뽈을 보살폈다. 그게 제라르의 원래 자리였다. 제라르가 이겼다. 이 모든 꿈이 그를 황홀한 도취감 속으로 밀어 올렸다. 조용한 자동차, 가로등, 그리고 그의 임무가 함께 어우러져서 마법의 약을 만들어냈다. 친구의 나약함이 화석화되어 결정적인 위엄을 띠게 되었고, 자기 자신의 힘이 마침내 합당한 용도를 찾아낸 것 같았다.

불현듯 제라르는 자기가 방금 전에 다르즐로를 고자질한 일이 생각났고, 앙심 때문에 자신도 모르게 그렇게 말했으며, 그래서 옳지 않은 짓을 하고 말았다는 생각이 들었다. 수위실, 경멸하듯 어깨를 으쓱해 보이던 그 아이, 뽈의 푸른 눈, 죄인의 결백함을 밝히려고 안간힘을 다해 "너 미쳤구나!"라고 말하던 순간의 그 질책하는 눈빛이 다시 떠올랐다. 제라르는 마음이 켕겼지만, 그 일을 생각에서 떨쳐냈다. 그에게도 제 나름의 변명거리는 있었다. 눈덩이 하나도 다르즐로의 무쇠같이 억센 손아귀 안에서는 날이 아홉개 달린 그의 주머니칼만큼이나 범죄적인 덩어리가 될 수 있었다. 그리고 뽈은 그 일을 잊을 것이다. 무엇보다도 그는 그 유년의 현실, 하찮은 세부 사항들을 자양분으로 삼는 심각하고 영웅적이고 신비로운 현실, 어른들의 신문이 그 환상 세계를 난폭하게 뒤흔들어놓는 유년의 현실로 되돌아가야 했다.

자동차는 계속해서 허공을 가르며 달렸다. 다른 차들이 엇갈려 지나갔다. 간헐적으로 후려치는 눈보라의 일제사격 때문에 뿌옇게 흐려진 차창으로 다른 자동차들의 불빛이 스며들었다.

문득 두개의 구슬픈 음ゆ이 들려왔다. 그 음들이 귀청을 찢을 듯 요란해졌다가, 엔간히 잦아들었다가, 다시 인정사정없이 시끄러워

지면서 차창들이 떨렸고, 소방관들이 탄 소방차가 싸이클론처럼 맹렬하게 지나갔다. 지그재그로 닦아낸 성에 사이로, 줄지어 가며 요란한 소리를 내는 구조물들의 밑부분과 붉은색 사다리들, 그리고 우화 속 그림처럼 웅크리고 있는 황금빛 투구를 쓴 남자들이 보였다.

붉은색 반사광이 뽈의 얼굴 위로 너울거렸다. 제라르는 뽈이 생기를 되찾았다고 생각했다. 마지막 소용돌이가 지나가고 뽈의 얼굴이 다시 창백해졌을 때, 제라르는 자기가 잡고 있는 손이 따뜻하다는 것, 그리고 그 마음 놓이는 온기 덕분에 뽈이 게임을 할 수 있다는 것을 깨달았다. 게임은 아주 부적절한 단어이긴 했지만, 어쨌든 뽈은 아이들이 반무의식 상태에 빠지는 것을 그렇게 불렀다. 뽈은 그 게임의 대가로 통했다. 그는 공간과 시간을 지배했고, 꿈들을 낚아 올려 현실과 결합시켰고, 빛과 어둠의 경계에서 사는 법을 알았고, 교실 안에 또다른 세계를 창조하여 그 세계에서는 다르즐로도 감탄하며 그의 지시에 복종하게 만들었다.

쟤가 게임을 하는 건가? 그의 따뜻한 손을 꼭 쥐고, 뒤로 젖혀진 얼굴을 골똘히 바라보면서 제라르는 자문했다.

뽈이 없다면, 이 자동차도 그저 자동차에 불과했을 것이고, 저 눈도 그저 눈이고, 저 자동차 불빛들도 그저 자동차 불빛이고, 이 귀가도 그저 또 하나의 귀가에 불과했을 것이다. 스스로 환각 상태를 만들어내기에 제라르는 너무 서툴렀다. 뽈이 그를 지배했고, 뽈의 영향력이 결국에는 모든 것을 변모시켰다. 문법, 계산, 역사, 지리, 자연과학을 공부하는 대신에 뽈은 깨어 있는 상태로 잠을 자는 법을 배웠고, 그 잠은 현실의 힘이 미치지 못하는 곳으로 아이들을 데려가고 사물들에게 진정한 의미를 되찾아주었다. 그 예민한 아이들에게는 인도의 환각제도 책상 뒤에서 몰래 씹는 고무나 펜대만큼 강한 작용을 미치지는 못했을 것이다.

재가 게임을 하는 건가?

제라르가 착각한 것이 아니었다. 뽈이 하는 게임은 완전히 달랐다. 지나가는 소방차들도 그의 게임을 방해할 수는 없을 거라고 제라르는 생각했다.

제라르는 게임의 가느다란 끈을 이어받으려고 시도했지만, 이제는 더이상 그럴 때가 아니었다. 목적지에 도착했던 것이다. 차가 문앞에 멈추어 섰다.

뽈이 무감각 상태에서 빠져나왔다.

"도와줄까?" 제라르가 물었다.

공연한 질문이었다. 제라르가 부축해주건 말건, 그는 집으로 올라갈 것이다. 제라르가 할 일은 우선 책가방을 차에서 내리는 것이었다.

책가방을 들고, 왼팔을 자신의 목에 감은 채 매달려오는 뽈의 허리를 붙잡은 상태로 제라르는 충계를 올라갔다. 그는 2층에서 멈추어 섰다. 낡아서 뜯어진 녹색 플러시 장의자 하나가 속에 넣은 말총과 용수철을 드러낸 채 놓여 있었다. 제라르는 자신의 소중한 짐을 그 장의자에 내려놓고, 오른쪽 문으로 가서 초인종을 눌렀다. 발소리가 들리더니, 발소리가 멎고 침묵이 이어졌다. "엘리자베뜨!" 침묵이 계속되었다. "엘리자베뜨!" 제라르는 있는 힘을 다해 속삭였다.

"문 열어요! 우리예요."

작지만 단호한 목소리가 들려왔다.

"열지 않을래요! 정말 짜증 나는 사람들이야! 사내아이들한테는 정말 질렸어. 미치지 않고서야 어떻게 이 시간에 돌아와요!"

"리즈베뜨."[4] 제라르가 간청했다. "열어요, 빨리 열라니까. 뽈이 아파요."

잠시 뜸을 들이더니 문이 빠끔히 열렸다. 문틈 사이로 다시 목소리가 들려왔다.

"아프다고요? 문을 열게 하려는 속임수겠지. 그 거짓말이 사실이에요?"

"뽈이 아파요, 어서 열어요. 지금 장의자 위에서 떨고 있다니까요."

문이 활짝 열렸다. 열여섯살짜리 소녀가 모습을 드러냈다. 그녀는 뽈과 닮은 모습이었다. 속눈썹이 짙은 푸른 눈과 창백한 뺨이 똑같았다. 두살 위인 나이 때문에 얼굴 윤곽선들이 좀더 선명했고, 짧은 곱슬머리 아래 밑그림 상태를 벗어난 누이의 얼굴은 남동생의 얼굴보다 좀더 부드러워지고 체계가 잡히면서, 아름다움을 향

4 엘리자베뜨를 부르는 애칭. 뒤에 나오는 '리즈' 역시 엘리자베뜨의 애칭이다.

해 서둘러 달려가고 있었다.

어두운 현관에서 제라르의 눈에 가장 먼저 들어온 것은 엘리자베뜨의 하얀 얼굴과 그녀에게는 너무 길어 보이는 앞치마 색깔이었다.

거짓이라고 믿었던 현실에 놀라 그녀는 비명도 지르지 못했다. 고개를 내려뜨린 채 비칠거리는 뽈을 그녀와 제라르가 부축했다. 현관에 들어서자마자 제라르는 자초지종을 설명하려고 했다.

"멍청이 같으니." 엘리자베뜨가 씩씩거렸다. "멍청한 짓은 절대 안 빼먹는다니까. 입만 열었다 하면 시끄럽게 고함질이야. 엄마가 들으시면 좋겠어요?"

그들은 식탁을 에둘러 식당을 가로지른 다음, 오른쪽에 있는 아이들 방으로 들어갔다. 그 방에는 작은 침대 두개, 서랍장 하나, 벽난로와 의자 세개가 있었다. 침대 사이에 나 있는 문은 욕실 겸 주방으로 쓰이는 작은 방으로 이어졌는데, 그 작은 방은 현관에서도 들어갈 수 있었다. 방을 한번 둘러보고 제라르는 놀랐다. 침대만 없었다면 창고인 줄 알았을 것이다. 상자, 속옷, 타월 들이 바닥에 널려 있었다. 벽난로 한가운데에는 잉크로 눈과 콧수염을 그려넣은 석고 흉상이 하나 놓여 있었다. 영화배우, 권투 선수, 살인자 들의 모습이 담긴 잡지, 신문, 광고지 쪼가리가 여기저기에 압정으로 고정되어 있었다.

엘리자베뜨가 상자들을 툭툭 발길로 걷어차서 길을 냈다. 그녀가 욕설을 내뱉었다. 두 사람은 마침내 책들이 어지럽게 놓여 있는 침대 위에 환자를 눕혔다. 제라르가 전투 이야기를 들려주었다.

"정말 어이가 없네." 엘리자베뜨가 소리쳤다. "나는 장애인 어머니를 돌보느라 간병인 노릇을 하고 있는 판에, 이 잘난 분들은 눈싸움이나 하면서 희희낙락하고 계시다니. 우리 장애인 어머니 말이에요!" 자기를 좀더 중요한 사람으로 만들어주는 장애인이라는 단어에 흡족해하면서 그녀가 소리쳤다. "나는 장애인 어머니를 돌보고, 당신들은 눈싸움을 한다 이거지. 당신이죠, 틀림없어요, 당신이 뽈을 끌어들였죠? 멍청이 같으니!"

제라르는 입을 다물었다. 그는 두 남매의 감정적인 말투, 그들이 사용하는 중학생 특유의 유치한 단어들, 항상 팽팽한 두 사람의 긴장관계에 대해 알고 있었다.

"누가 뽈을 돌볼까요? 당신이 해요, 내가 해요?" 그녀가 계속 말했다. "왜 그렇게 장승처럼 꼼짝 않고 서 있는 거예요?"

"이봐요, 리즈베뜨……"

"리즈베뜨라고 부르지도 말고, 이봐요 저봐요 하지도 마요. 제발 예의 좀 차리시죠. 게다가……"

희미한 목소리 하나가 그녀의 거친 말을 중단시켰다.

"어이, 제라르." 뽈이 입술 사이로 웅얼거렸다. "저 못된 계집애 말은 들을 필요 없어. 우릴 엿먹이려는 거야."

그 모욕적인 말에 엘리자베뜨가 펄쩍 뛰었다.

"계집애라고! 그래, 이 자식들아, 어디 너희들끼리 해결해봐. 알아서 치료를 하든지 말든지. 정말 어처구니가 없네! 한 얼간이는 눈덩이를 못 견뎌서 저러고 있고, 나는 또 그게 걱정이 돼서 이러고 있으니!"

"이봐요, 제라르," 틈을 두지 않고 그녀가 이었다. "잘 봐요."

갑자기 껑충 뛰어오르며 그녀가 자기 오른쪽 다리를 그의 머리 위로 들어올렸다.

"2주일 전부터 연습하고 있어요."

그녀가 동작을 다시 반복했다.

"그러니 이제 나가요! 꺼져요!"

그녀가 문을 가리켰다.

제라르가 문께에서 머뭇거렸다.

"어쩌면……" 그가 웅얼거렸다. "의사를 불러야 할지도 몰라요."

엘리자베뜨가 다리를 쭉 뻗었다.

"의사요? 그러잖아도 당신의 충고를 기다리고 있었답니다. 정말 똑똑하시다. 그런데 의사가 7시에 엄마를 보러 오거든요. 그때 뽈도 보게 할 거예요. 자, 훠이!" 그녀가 말을 끝냈다. 그런데도 제라르는 어떻게 해야 할지 몰라서 우물쭈물하고 있었다.

"혹시 의사이신가요? 아니에요? 아니라면 가세요! 좀 가주시겠어요?"

그녀가 발을 굴렸고, 두 눈을 냉혹하게 번득였다. 제라르는 꽁무니를 빼기로 했다.

어두운 식당을 뒷걸음질로 나오던 제라르가 의자 하나를 넘어뜨렸다.

"멍청이! 멍청이!" 소녀가 반복해서 외쳤다. "내버려둬요, 괜스레 하나 더 넘어뜨리지나 말고. 어서 꺼져요! 절대로 쾅 문소리 내지 말고."

충계참에서 제라르는 택시가 기다리고 있는데 자기 주머니에는 돈 한푼 없다는 것이 생각났다. 그는 다시 초인종을 누를 엄두가 나지 않았다. 엘리자베뜨가 문을 안 열어주거나 의사인 줄 알았다가 그에게 잔뜩 조롱만 퍼붓지 않겠는가.

그는 라피뜨 가에 있는 삼촌 집에 얹혀살고 있었다. 그는 거기까지 택시를 타고 가서 상황을 설명하고, 삼촌에게 택시 요금을 얻어내기로 마음먹었다.

그는 달리는 차 안에서 방금 전에 친구가 기댔던 구석 자리에 몸을 파묻었다. 달리는 차의 요동에 따라 머리가 건들건들 앞뒤로 흔들리도록 일부러 내버려두었다. 게임을 하려는 것이 아니었다. 그는 괴로웠다. 믿기 어려울 정도로 환상적이었던 여정의 끝에서 그는 뽈과 엘리자베뜨 사이의 이해하기 힘든 분위기를 방금 다시 목격했던 것이다. 엘리자베뜨가 그를 환상에서 깨어나게 해주었고, 동생의 나약함이 끔찍한 변덕과 복잡하게 얽혀 있다는 사실을 떠올리게 해주었다. 다르즐로에게 정복당한 뽈, 다르즐로의 희생 제물이 된 뽈은 제라르가 노예가 되어버린 그 뽈이 아니었다. 자동차 안에서 그는 광인이 죽은 여자를 범하듯이 행동한 측면이 없지 않았다. 제라르는 사태를 그렇게까지 노골적으로 상상하지는 않았지만, 그 순간의 달콤함이 뽈의 기절과 눈의 조합, 일종의 착각에서 비롯되었다는 것을 깨달았다. 그 달콤한 드라이브에서 뽈이 능동적으로 자기 역할을 하는 것처럼 보였던 것은 제라르가 소방차들의 어른거리는 반사광을 보고 뽈의 핏기가 돌아왔다고 생각했기 때문이었다.

물론 그는 엘리자베뜨를 알고 있었고, 동생에게 바치는 그녀의 숭배, 그리고 자신이 그녀로부터 기대할 수 있는 호의에 대해서도 알고 있었다. 엘리자베뜨와 뽈은 그를 무척 좋아했고, 그는 두 사람의 폭풍 같은 애정, 둘의 시선에서 오가는 맹렬한 분노, 충돌하는 두 사람의 변덕, 두 사람의 거칠고 모진 어법을 알고 있었다. 흔들리는 대로 머리를 뒤로 젖힌 상태에서 목덜미가 서늘해지고 평정심이 회복되자, 그는 모든 것을 제자리로 돌려놓았다. 그런 분별심이 엘리자베뜨의 말들 뒤에 숨어 있는 뜨겁고 부드러운 마음을 볼 수 있게 해주었지만, 다른 한편으로는 뽈의 기절과 그 기절의 진상, 어른들의 기절과 그에 뒤따라올 수 있는 후유증에 대한 생각으로 그를 이끌어갔다.

라피뜨 가에서 그는 기사에게 잠시 기다려달라고 부탁했다. 기사가 투덜거렸다. 계단을 성큼성큼 뛰어 올라가서 그는 삼촌을 찾았고, 사람 좋은 삼촌을 설득할 수 있었다.

제라르가 아래로 다시 내려왔을 때, 텅 빈 거리에는 온통 눈밖에 보이지 않았다. 기다리다 지친 기사가 주변머리 좋은 어느 행인이 아주 솔깃한 여정을 제시하자 받아들인 모양이었다. 제라르는 택시 요금을 제 호주머니에 넣었다. '아무 말도 하지 말아야지.' 그는 생각했다. '엘리자베뜨한테 뭐든 사줘야겠어. 그 핑계로 뽈의 소식을 들을 수 있을 거야.'

　몽마르트르 가에서 제라르가 도망간 뒤에, 엘리자베뜨는 어머니의 방으로 들어갔다. 그 방은 볼품없는 거실과 함께 아파트의 왼편에 있었다. 환자인 어머니는 졸고 있었다. 네달 전 갑작스러운 발병으로 한창나이에 마비가 온 이후로, 서른다섯살의 그 여인은 노파처럼 보였고, 죽고 싶어했다. 그녀의 남편은 그녀를 매혹하고, 달콤한 말로 꾀고, 파멸시키고, 버렸다. 삼년 동안 그는 부부의 거처에 잠깐잠깐 모습을 드러낼 뿐이었다. 그는 그 집에서 추한 장면들을 연출했다. 간경화가 그를 집으로 돌아오게 만들었다. 그는 간병을 요구했다. 그는 권총을 휘두르며 죽어버리겠다고 윽박질렀다. 고비가 지나면 그는 정부에게 돌아갔고, 병이 재발하면 정부는 그를 내쫓아버렸다. 언젠가 그가 다시 왔고, 요란하게 발작을 일으켰고, 자리에 누웠고, 그리고 다시 떠날 수가 없어서, 자기가 같이 살기를 거부했던 아내의 집에서 죽었다.
　삶의 의욕을 상실한 그 여인을, 자식들을 저버리고, 곱게 화장하고, 매주 가정부를 바꾸고, 춤추고, 사방으로 돈을 구하러 다니는 어머니로 바꾸어놓은 것은 반항심이었다.
　엘리자베뜨와 뽈의 창백한 얼굴은 어머니를 닮았다. 그들이 아버지에게서 물려받은 것은 무절제, 우아함, 불같은 변덕이었다.

뭐하러 사나? 그녀는 생각했다. 부부의 오랜 친구인 의사가 절대로 아이들이 파멸하도록 내버려두지는 않을 것이다. 불구가 된 한 여자가 어린 딸과 온 집안을 지치게 만들고 있었다.

"자요, 엄마?"

"아니, 조는 거야."

"뽈이 조금 삐었어요. 자리에 눕혔고, 의사한테 보여주려구요."

"아프다니?"

"걸으면 아프대요. 엄마한테 인사 전해달래요. 지금 신문기사를 오리고 있어요."

환자가 한숨을 쉬었다. 오래전부터 그녀는 딸에게 의지해왔다. 그녀는 고통 때문에 자기중심적인 성격이 되었다. 뽈의 일을 그다지 자세하게 알고 싶어하지 않았다.

"가정부는?"

"여전해요."

엘리자베뜨는 자기 방으로 돌아갔다. 뽈이 벽 쪽으로 돌아누웠다. 그녀가 몸을 숙여 뽈을 들여다봤다.

"자니?"

"나 좀 내버려둬."

"아주 상냥도 하셔. 너 떠났구나."('떠났다'는 두 남매의 고유어법으로 게임으로 촉발된 상태를 의미했다. 예컨대 그들은 '나 떠날 거야' '나 떠나고 있어' '나 떠났어'라고 말했다. 게임 하느라 떠난 사람을 방해하는 것은 용서할 수 없는 반칙이었다.) "넌 떠났는데 난 죽어라 고생만 하고. 넌 개자식이야, 야비한 자식. 신발 벗겨줄 테니까 발 이리 내. 발이 꽁꽁 얼었어. 탕파湯婆 만들어줄 테니 기다려."

그녀는 진흙투성이 신발을 흉상 옆에 내려놓고 부엌으로 사라졌다. 가스 불 켜는 소리가 들렸다. 이윽고 다시 돌아온 그녀가 작심하고 뽈의 옷을 벗기려고 했다. 뽈은 투덜거리다가도 이내 그녀가 하는 대로 내버려두었다. 불가피하게 그에게 협조를 구해야 하자, 엘리자베뜨가 말했다. "머리 들어." "다리 들어." 혹은 "네가 시체처럼 굴면 내가 이 소매를 뺄 수가 없잖니."

그녀가 뽈의 주머니에 든 것들을 하나씩 차례차례 꺼냈다. 잉크 묻은 손수건, 폭죽, 보들보들한 솜에 엉겨 붙은 대추 젤리들은 바닥에 던져버렸다. 그러고는 서랍장의 서랍 하나를 열더니 나머지 물건들을 거기에 넣었다. 상아로 만든 작은 손, 마노 구슬 하나, 그리고 만년필 뚜껑이었다.

서랍은 보물 창고였다. 설명이 불가능한 보물 창고. 서랍 속의 물건들은 원래의 용도에서 아주 멀리 떨어져나와 너무나 큰 상징성을 띠게 되었기 때문에, 문외한에게는 영국식 스패너, 아스피린 통, 알루미늄 고리들과 머리핀이 뒤섞인 잡동사니로밖에는 보이지 않을 물건들이었다.

탕파는 따뜻했다. 그녀는 투덜대며 담요를 걷어냈고, 개켜둔 긴 잠옷 하나를 펼쳤고, 셔츠를 토끼 가죽 벗기듯 뒤집어 벗겨냈다. 뽈의 몸은 매번 그녀의 거친 말과 행동을 멈추게 했다. 그 우아한 몸을 볼 때마다 그녀는 눈물이 날 지경이었다. 그녀는 뽈에게 담요를 덮어주고, 침대 가장자리를 정돈해주고, 작별의 제스처와 함께 "잘 자, 멍청아!"라는 말로 시중들기를 끝냈다. 그러고는 눈동자를 고정시키고, 눈살을 찌푸리고, 입술 사이로 혀를 조금 내민 상태에서 몸동작 몇개를 연습했다.

문득 초인종 소리가 들렸다. 초인종을 리넨 천으로 감싸놓았기 때문에 소리가 잘 들리지 않았다. 의사였다. 엘리자베뜨가 의사의 외투를 부여잡고 동생의 침대로 데려가서 상황을 설명해주었다.

"우리 둘만 있게 해줘, 리즈. 체온계 좀 가져다주고, 거실에서 기다려. 이 친구를 청진해야겠는데, 나는 누가 옆에서 왔다 갔다 하거나 보고 있는 걸 좋아하지 않거든."

엘리자베뜨는 식당을 지나 거실로 갔다. 그곳에서는 눈[雪]의 마법이 계속되고 있었다. 그녀는 안락의자 뒤에 서서 눈이 허공에 떠워놓은 그 낯선 방을 바라보았다. 맞은편 보도의 반사광 때문에 천장에 어슴푸레한 빛과 어둠의 창이 여러개 드리워졌고, 아라베스크풍의 그 듬성듬성한 빛의 레이스 위로 실물보다 작은 행인들의 씰루엣이 오갔다.

허공에 떠 있는 방이라는 착각은 얼핏 살아 있는 것 같은 거울이 코니스와 바닥 사이에 만들어내는 움직이지 않는 스펙트럼 때문에 배가되었다. 이따금 지나가는 자동차의 넓고 어두운 그림자가 그 모든 것을 휩쓸어버렸다.

엘리자베뜨는 게임을 하려고 애썼다. 불가능했다. 가슴이 뛰었다. 그녀에게도 제라르에게도, 눈싸움의 결과는 더이상 그들이 사는 신화 세계의 한 부분이 아니었다. 의사가 그것을 공포가 실재하는 세계, 사람들이 열이 나서 죽기도 하는 엄혹한 세계로 되돌려놓았다. 한순간 그녀는 몸이 마비된 어머니, 죽어가는 동생, 이웃 아주머니가 가져다준 수프, 가정부도 사랑도 없는 집에서 아무 때나 식은 고기, 바나나, 딱딱한 비스킷을 먹고 있는 자신을 그려보았다.

뽈과 그녀는 각자의 침대 위에서 서로 욕설과 책들을 주고받으며 막대사탕을 아귀아귀 먹어대는 일이 종종 있었다. 속이 메스꺼워질 때까지 막대사탕을 먹어대면서 같은 책 몇권을 반복해서 읽었다. 그 메스꺼움은 세심하게 침대로 다가가서 부스러기들을 치우고 구겨진 곳들을 펴는 것으로 시작되어 모든 것이 뒤죽박죽되다가 마침내 게임으로 끝나는 의식儀式의 일부였다. 메스꺼움이 게임을 아주 훌륭하게 작동시켜 날아오르는 기분을 느끼게 해주었다.

"리즈!"

엘리자베뜨는 이미 슬픔에서 멀리 떨어져나와 있었다. 의사의 부름이 그녀를 혼란스럽게 만들었다. 그녀는 문을 열었다.

"다 됐어." 의사가 말했다. "그렇게 놀라지 않아도 돼. 심각하지 않아. 심각하지는 않지만 가벼운 것도 아니야. 이 친구는 흉부가 약해. 살짝 건드리기만 해도 저렇게 됐겠어. 등교는 절대 안돼. 안정, 절대 안정이 필요해. 삐었다고 말한 건 잘한 일이네. 어머니를 걱정시키지는 말아야지. 너도 이제 다 큰 숙녀잖니. 너를 믿는다. 가정부를 불러오렴."

"가정부는 이제 없어요."

"설상가상이군. 내일 즉시 간병인 두 사람을 보내서 교대로 집안
일을 맡게 할게. 그 사람들이 필요한 것들을 사올 테니까, 너는 지
휘 감독만 해."

엘리자베뜨는 고맙다는 말을 하지 않았다. 기적에 의지해 살아
가는 데 익숙해져 있어서, 그녀는 기적들을 대수롭지 않게 받아들
였다. 그녀는 기적을 기다렸고, 항상 기적은 일어났다.

의사는 원래의 자기 환자인 어머니를 진찰하고 돌아갔다.

뽈은 자고 있었다. 엘리자베뜨는 그의 숨소리를 들으며 그를 지
그시 바라보았다. 그녀는 격한 열정에 사로잡혀서, 사랑스러워 죽
겠다는 표정으로 그를 어루만졌다. 잠자는 환자를 내가 성가시게
하고 있는 게 아니야. 살펴보고 있는 거지. 환자의 눈꺼풀 밑에 엷
은 보라색 반점들이 보이고, 부풀어오른 윗입술이 아랫입술 위로
삐져나와 있는 것이 보인다. 그녀는 자기 귀를 환자의 천진난만한
팔에 갖다 댄다. 어찌나 요란한 소리가 들리던지! 엘리자베뜨가 자
기 왼쪽 귀를 막는다. 자신한테서 나는 소리가 뽈의 소리에 더해진
다. 그녀는 불안해진다. 요란한 소리가 더 커지는 것 같다. 이 소리
가 더 커지면 죽을 거야.

"얘!"

그녀가 환자를 깨운다.

"응! 왜?"

그가 기지개를 켠다. 두려움에 넋이 나가 있는 얼굴이 보인다.

"왜 그래, 너 미쳤어?"

"내가?"

"그래, 너. 정말 짜증 나게 하네! 넌 남이 자는 꼴을 못 보지?"

"남이라고! 나도 잘 수 있어. 그렇지만 난 밤새 잠도 안 자고 널 지켜보고, 너한테 먹을 걸 가져다주고, 네 소리를 듣고 있다고."

"무슨 소리?"

"빌어먹을 소리."

"멍청이!"

"너한테 대단한 뉴스를 알려줄 생각이었는데. 나는 멍청하니까 그만둘게."

대단한 뉴스라는 말이 뽈의 구미를 당겼다. 하마터면 빤한 속임수에 걸려들 뻔했다.

"그따위 뉴스, 혼자 알고 계셔." 그가 말했다. "난 별로 관심 없어."

엘리자베뜨가 옷을 벗었다. 두 오누이는 서로 간에 전혀 거리낌이 없었다. 일종의 등딱지 같은 그 방에서 두 사람은 하나의 몸에 붙은 두개의 사지처럼 생활하고, 씻고, 옷을 입었다.

그녀는 뵈프 프루아,[5] 바나나, 우유를 환자 곁의 의자에 내려놓고, 마른 비스킷과 석류 시럽을 비어 있는 침대 옆으로 옮긴 뒤에 그 침대에 누웠다.

---

5 bœf froid. 익힌 쇠고기를 식혀서 적당한 크기로 자른 다음 각종 양념을 한 요리.

호기심을 견디지 못한 뽈이 의사가 무슨 말을 했는지 물었을 때, 그녀는 음식을 씹으면서 조용히 책을 읽고 있었다. 뽈에게 의사의 진단은 별로 중요하지 않았다. 그가 알고 싶은 것은 그 대단하다는 뉴스였다. 뉴스가 나올 데라곤 거기밖에 없었던 것이다.

책에서 시선을 떼지 않은 채 계속 음식을 씹으면서, 엘리자베뜨는 그 질문이 성가시기도 하고 또 대답하지 않았을 때의 결과가 두렵기도 해서, 무심한 목소리로 내뱉었다.

"너는 이제 학교로 돌아갈 수 없을 거래."

뽈은 눈을 감았다. 견디기 힘든 불안과 함께 다르즐로, 자기와는 다른 곳에서 계속 살아갈 다르즐로가 생각났고, 다르즐로가 완전히 빠져버린 자신의 미래가 그려졌다. 그는 너무 불안해져서 엘리자베뜨를 불렀다.

"리즈!"

"뭐?"

"리즈, 나 상태가 안 좋아."

"그래, 어디 봅시다!"

자리에서 일어난 그녀가 다리 한쪽이 저린지 절뚝거리며 걸어왔다.

"원하는 게 뭐야?"

"뭐냐면…… 네가 내 가까이, 내 침대 가까이에 있었으면 좋겠어."

그의 눈에서 눈물이 흘렀다. 그는 입을 뾰로통하게 내밀고, 눈물 콧물로 범벅이 되어, 갓난아이처럼 울었다.

엘리자베뜨가 자기 침대를 부엌문 앞으로 끌어당겼다. 의자 하나를 사이에 두고, 그녀의 침대는 뽈의 침대와 거의 닿을 정도가 되었다. 그녀는 다시 몸을 숙여서 불쌍한 동생의 손을 어루만져주었다.

"이런, 이런……" 그녀가 말했다. "여기 바보 하나 또 있네. 이제 학교 안 갈 거라고 말해줬더니 울고 있어. 우리 둘이 이 방에 틀어박혀서 살 걸 생각해봐. 간병인들도 올 거야, 의사 선생님이 약속했어. 그러면 나는 사탕 사러 가거나 도서 대여점에 갈 때 말고는 밖에 나갈 일이 없을 거야."

가엾고 창백한 얼굴 위에 눈물이 얼룩을 남겼고, 몇방울은 속눈썹 끝에서 베개 위로 톡톡 떨어져 내렸다.

까닭을 알 수 없는 그 눈물 바람 앞에서, 리즈는 당황하여 입술을 깨물었다.

"겁나니?" 그녀가 물었다.

뽈이 고개를 내저었다.

"공부가 좋니?"

"아니."

"그럼 뭐야? 제기랄! ……애! (그녀가 뽈의 팔을 잡아 흔든다.) 게임, 게임 할래? 코 풀어. 여기 봐. 최면 걸어줄게."

그녀가 다가가서 눈을 아주 커다랗게 떴다.

뽈은 눈물을 흘렸고, 흐느꼈다. 엘리자베뜨는 피로를 느꼈다. 그녀는 게임을 하고 싶었고, 최면을 걸어서 그를 위로해주고 싶었고,

그를 이해하고 싶었다. 그러나 졸음이 밀려와서, 그녀의 노력은 눈 덮인 길 위를 선회하는 자동차 불빛과 같은 드넓고 검은 빛줄기 속 으로 휩쓸려가버렸다.

3

이튿날, 필요한 조처들이 취해졌다. 5시 반에 제라르가 종이 상자에 담긴 향제비꽃 조화를 들고 왔을 때, 흰색 가운을 입은 간병인이 문을 열어주었다. 엘리자베뜨는 꽃이 아주 마음에 들었다.

"뽈한테 가봐요." 그녀가 순순하게 말했다. "난 엄마 주사 맞는 것을 지켜봐야 해요."

씻고 머리를 손질한 뽈의 안색은 꽤 좋아 보였다. 그는 학교 소식을 물었다. 소식은 충격적이었다.

그날 아침, 다르즐로는 교장실로 불려갔다. 교장은 학감이 했던 취조를 다시 시작하려고 했다.

짜증이 난 다르즐로가 "됐어요, 됐어!"라는 식으로 아주 무례하게 대꾸하는 바람에 교장이 의자에서 벌떡 일어나 탁자 위로 주먹을 휘둘러 때리려는 시늉을 했다. 그러자 다르즐로가 윗옷에서 후추통 하나를 꺼내 내용물을 교장의 얼굴에 정통으로 뿌려버렸다.

너무나 끔찍하고 즉각적인 결과 앞에서 겁이 난 다르즐로는 마치 열린 수문을 통해 거칠게 밀려 나오는 물줄기를 보고 반사적으로 방어 동작을 취하는 사람처럼 의자 위로 기어올라갔다. 그 위에서 다르즐로는 앞 못 보는 한 노인이 셔츠 깃을 쥐어뜯고 탁자 위에서 뒹굴며, 광기에 사로잡힌 사람처럼 울부짖는 광경을 내려다보았다. 전날 눈덩이를 던졌을 때처럼 어리둥절한 표정으로 의자 위에 올라앉아 있는 다르즐로와 교장의 광기가 어우러진 장면 앞에서, 비명소리를 듣고 달려온 학감이 붙박인 듯 입구에 멈춰 섰다.

학교에는 사형제도가 없었기에 다르즐로는 퇴학을 당했고, 교장은 의무실로 옮겨졌다. 다르즐로는 누구와도 악수하지 않았고, 뾰로통한 표정으로 머리를 꼿꼿이 쳐든 채 회랑을 가로질러갔다.

친구에게 그 소동에 관해 전해 들은 환자의 심정이 어떠했을지는 충분히 상상할 수 있다. 제라르가 전혀 의기양양해하는 티를 내지 않았기 때문에, 뽈도 자신의 아픈 마음을 드러내지 않을 참이었다. 그렇지만 결국은 참지 못하고 그가 물었다.

"너 개 주소 아니?"

"몰라. 그런 녀석은 절대로 자기 주소를 말해주지 않잖아."

"불쌍한 다르즐로! 그러니까 이제 우리한테 남아 있는 그 친구는 저것밖에 없네. 사진들 좀 가져와봐."

제라르가 흉상 뒤에서 사진 두장을 찾아낸다. 한장은 학급 전체가 함께 찍은 사진이다. 학생들이 키순으로 줄지어 서 있다. 선생님 왼쪽에 뽈과 다르즐로가 쪼그린 자세로 바닥에 앉아 있다. 다르즐로는 팔장을 끼고 있다. 축구 선수처럼 자랑스럽게, 자신이 지닌 지배력의 상징물 중 하나인 강건한 두 다리를 과시하듯 드러내놓고 있다.

다른 사진은 다르즐로가 아딸리 복장을 하고 있는 모습이다. 성 샤를마뉴 축제 때에 학생들이 『아딸리』⁶를 무대에 올린 적이 있었다. 다르즐로가 작품의 제목에 해당하는 배역을 맡고 싶어했다. 베일을 걸치고 번쩍번쩍 요란하게 장식된 의상을 입은 그는 젊은 무희 같고, 1889년의 위대한 비극 여배우들 같다.

뽈과 제라르가 그렇게 추억을 떠올리고 있을 때, 엘리자베뜨가 들어왔다.

"이거 넣을까?" 두번째 사진을 흔들면서 뽈이 물었다.

"뭘 넣어? 어디에?"

"보물 창고에."

"뭘 보물 창고에 넣는다는 거야?"

---

6 17세기 프랑스의 고전 비극 작가인 장 라신(Jean Racine, 1639~99)의 마지막 작품. 유다 왕국에 바알 신앙을 끌어들인 여왕 아딸리의 운명을 다룬 비극이자 성 사극이다.

엘리자베뜨의 얼굴에 다시 까칠한 표정이 나타났다. 그녀는 보물 창고를 숭배했다. 보물 창고에 새 물건을 넣는 것은 결코 간단한 일이 아니었다. 그녀는 반드시 자기와 상의할 것을 요구했다.

"지금 네 의견을 묻는 거야." 동생이 다시 말했다. "나한테 눈덩이를 던진 녀석 사진인데."

"어디 봐봐."

그녀는 사진을 오래 뜯어보았고, 가타부타 아무런 말이 없었다.

뽈이 덧붙였다.

"걔가 나한테 눈덩이를 던졌고, 교장 선생님한테 후춧가루를 뿌렸고, 학교에서 쫓겨났어."

엘리자베뜨는 궁리하고, 재고, 이리저리 왔다 갔다 하고, 엄지손톱을 물어뜯었다. 그러더니 서랍을 반쯤 열어서 열린 틈 사이로 사진을 밀어넣은 다음, 서랍을 다시 닫았다.

"인상이 더럽네." 그녀가 말했다. "기린, 뽈을 피곤하게 하지 마세요. (기린은 제라르를 친근하게 부르는 별명이었다.) 난 엄마 방으로 가요. 간병인들을 감독해야 해서 말예요. 알겠지만, 그건 아주 어려운 일이에요. 그 여자들이 **주도권**을 쥐려고 하거든요. 잠시도 그들끼리만 있게 하고 싶지 않아요."

그러고는 진담 반 농담 반의 과장된 몸짓으로 자기 머리를 쓸어 올린 다음, 바닥에 끌리는 드레스 자락을 걸어 올리는 시늉을 하며 방에서 나갔다.

4

의사 덕분에 삶은 좀더 정상적인 리듬을 되찾았다. 그런 종류의 안락함은 아이들에게 전혀 영향을 주지 못했는데, 그들에게는 자기들만의 삶이 있었고 그 삶은 이 세계의 것이 아니었기 때문이다. 다르즐로만이 뽈의 마음을 학교로 끌어당길 수 있었다. 다르즐로가 퇴학당하자 꽁도르세는 감옥이 되었다.

게다가 다르즐로의 매력이 계界를 바꾸기 시작했다. 매력은 전혀 줄지 않았다. 반대로 다르즐로는 더 커졌고, 현실에서 이륙하여 뽈의 방에 드리운 하늘로 올라갔다. 그의 움푹한 눈, 곱슬머리, 두툼한 입술, 커다란 손, 영광의 상처를 두른 그의 무릎은 차츰차츰 성좌의 형태를 띠어갔다. 그 모습들은 서로 떨어진 채, 허공에서 움직이고 선회했다. 요컨대 다르즐로가 보물 창고 속의 사진과 하나로 결합된 것이다. 모델과 사진이 일체가 되었다. 모델은 불필요해졌다. 다르즐로라는 아름다운 동물이 하나의 추상적인 형태로 이상화되면서 마법 지대의 세목들에 추가되었고, 뽈은 현실에서 해방되어 자신에게는 방학이나 다름없는 병을 마음껏 즐겼다.

간병인들의 충고도 방 안의 혼란스러운 무질서를 바꾸어놓지는 못했다. 무질서는 더욱 심해져서 거리를 형성했다. 상자들의 대로, 종이들의 호수, 속옷들의 산이 환자인 뽈의 도시이자 그의 무대였다. 엘리자베뜨는 그 도시의 핵심적인 조망들을 파괴했고, 세탁부가 왔다는 핑계로 산들을 허물었고, 두 아이의 삶에 절대적으로 필요한 그 질풍노도의 분위기를 한껏 북돋우는 일에 탐닉했다.

예포를 쏘듯 욕설로 맞이하는데도, 제라르는 매일 찾아왔다. 그는 싱글거렸고, 머리를 숙여 인사했다. 알게 모르게 익숙해져서 그는 그런 식의 접대에 무감각해졌다. 그런 식의 접대가 아무렇지 않게 느껴졌을 뿐 아니라 거기에 담긴 애무의 손길을 즐기기까지 했다. 그의 태연함 앞에서 아이들은 바보 같다는 둥 '영웅적'이라는 둥 하면서 웃음을 터뜨렸고, 제라르와 관련이 있으면서 두 사람만의 비밀로 하고 있는 일들을 놓고 자기들끼리 깔깔거렸다.

제라르는 남매의 프로그램을 잘 알고 있었다. 그는 끄떡없이 인내했고, 방을 살폈고, 가장 최근의, 그러나 벌써 아무도 더이상 언급하지 않는 어떤 변덕의 흔적들을 찾아냈다. 예컨대, 어느날 그는 비누를 가지고 큰 글씨로 거울에 써놓은 '자살은 대죄다'라는 문장을 보았다.

지워지지 않고 남은 그 요란한 표어는 거울에 비친 흉상의 콧수염처럼 보였다. 마치 맹물로 쓰여 있기라도 한 것처럼, 그 표어가 아이들 눈에는 보이지 않는 모양이었다. 거기에는 그 누구도 목격할 수 없는 희귀한 일화들 특유의 서정이 잘 표현되어 있었다.

어설픈 말 때문에 공격이 빗나가자, 뽈이 누이에게 욕설을 했다. 그러자 두 사람은 너무 손쉬운 사냥감을 그냥 놓아둔 채, 그 탄력으로 곧장 앞으로 내달렸다.

"아!" 뽈이 한숨을 쉬었다. "내 방만 생기면……"

"나도 마찬가지."

"네 방 참 깨끗하겠다!"

"네 방보다는 깨끗하겠지!"

"이봐요, 기린, 얘는 샹들리에가 갖고 싶대……"

"입 좀 다물지!"

"기린, 얘는 벽난로 앞에 석고 스핑크스를 놓고, 루이 14세풍 샹들리에에는 리폴린 래커 칠을 하겠대요."

그녀가 깔깔거렸다.

"맞아, 난 스핑크스하고 샹들리에를 갖고 싶어. 넌 너무 멍청해서 이해 못해."

"그렇다면 난 여기 있어주지 않을 거야. 호텔에서 살래. 짐도 꾸려놨거든. 호텔로 갈 거야. 자기 혼자 알아서 간병하라지! 난 여기에 안 있을래. 저 교양 없는 인간하고는 같이 살고 싶지 않아."

이 모든 언쟁은 언제나 엘리자베뜨가 혀를 날름 내밀면서 방에서 나가는 것으로, 실내화를 신은 발로 무질서의 건축물들을 걷어차서 쑥대밭으로 만드는 것으로 끝이 났다. 뽈이 그녀 쪽을 향해 침을 뱉었고, 그녀가 문을 쾅 닫으며 나갔고, 연이어 다른 문들이 쾅쾅 닫히는 소리가 들렸다.

이따금 뽈은 가벼운 몽유병 발작을 일으켰다. 아주 짧은 그 발작 증세가 엘리자베뜨에게는 몹시 흥미진진한 것이어서 전혀 무섭지 않았다. 발작 증세만이 그 괴벽증 환자를 침대에서 내려오게 할 수 있었다.

긴 다리 하나가 나타나서 독특한 방식으로 움직이기 시작하면, 엘리자베뜨는 숨을 죽인 채 살아 있는 조각상 하나가 능숙하게 주변을 돌아다니다가 침대로 돌아가서 다시 자리를 잡는 과정을 주의 깊게 지켜보았다.

어머니의 갑작스러운 죽음이 사나운 폭풍우를 잠시 멎게 했다. 그들은 어머니를 사랑했고, 어머니를 함부로 대한 것은 어머니가 불멸의 존재라고 생각했기 때문이었다. 자기들이 어머니의 죽음에 책임이 있다고 생각하는 바람에 상황은 더 심각해졌다. 어느날 저녁 처음으로 침대에서 일어난 뽈과 누이가 방에서 다투고 있을 때, 두 사람은 알지도 못하는 사이에 어머니가 돌아가신 것이었다.

간병인은 주방에 있었다. 언쟁이 싸움으로 번지자 양볼이 시뻘 겋게 달아오른 누이가 환자인 어머니의 안락의자 옆으로 몸을 피 했다가, 두 눈과 입이 휑하게 벌어진 채로 자기를 바라보고 있는 미지의 커다란 여인 하나와 비극적으로 조우했다.

죽음이 즉흥적으로 연출하는, 오로지 죽음에만 속하는 자세 중 하나가 사체의 뻣뻣한 두 팔과 안락의자 위에서 굳어버린 손가락 들에 고스란히 보존되어 있었다. 의사는 그런 갑작스러운 사태를 예견한 바 있다. 자기들끼리 있는 상황에서 아이들은 뭘 어떻게 해 야 할지 전혀 몰랐다. 딱딱하게 화석화된 그 비명 소리, 살아 있는 사람을 대체해버린 그 마네킹, 자기들은 모르는 사람인 그 분노한 볼떼르[7]를 그저 사색이 되어 바라볼 뿐이었다.

그 광경은 아이들에게 오래 지워지지 않는 흔적을 남겼음에 틀 림없다. 장례 절차, 눈물, 망연자실, 뽈의 상태 악화, 간병인을 통해 집안일을 도와준 제라르의 아저씨와 의사가 건넨 위로의 말, 그러 다가 문득 그들은 다시 둘만 남아 서로의 얼굴을 마주 보게 되었다.

죽음이라는 믿기 어려운 상황은 어머니에 대한 기억을 고통스 럽게 만들기는커녕, 그 기억에 여러모로 기여했다. 어머니에게 떨 어진 날벼락은 아이들이 못 잊어하는 어머니와는 전혀 관계가 없 는, 음산한 어머니의 이미지를 남겨놓았다. 게다가 아주 순수하고

---

7 일반적으로 장앙뚜안 우동(Jean-Antoine Houdon, 1741~1828)이 제작한 볼떼르 조각상 중 하나를 염두에 둔 비유로 해석된다.

야생적인 사람들의 경우에는, 습관적으로 슬퍼하기는 해도 죽어서 부재하는 사람이 설 자리를 이내 잃어버릴 가능성이 크다. 그런 사람들은 예법이라는 것을 알지 못한다. 그들을 이끄는 것은 동물적인 본능이고, 우리가 그들에게서 목격하게 되는 것은 자식들의 동물적인 뻔뻔스러움이다. 그러나 아이들의 방에는 전대미문의 사건이 필요했다. 죽음이라는 믿기지 않는 사건이 마치 석관처럼 죽은 여인을 보호해주었고, 아이들이 괴상망측한 세부 사항 때문에 중대한 사건을 계속 기억하는 것과 마찬가지로, 죽음이라는 믿기지 않는 사건은 뜻밖에도 꿈속 하늘의 가장 높은 자리를 죽은 여인에게 배정해주었다.

5

병이 재발하여 악화된 뿔의 상태는 오래갔고 그를 위험한 상황에 빠뜨렸다. 간병인인 마리에뜨는 성심껏 자기 할 일을 했다. 의사는 화를 냈다. 그는 환자의 안정과 휴식, 영양 보충을 원했다. 그는 집에 들러서 지시를 내리고 필요한 만큼의 돈을 주었으며, 다시 와서 지시한 대로 되었는지 확인했다.

처음에는 사납고 공격적이었던 엘리자베뜨도 결국에는 마리에뜨의 크고 붉은 얼굴, 잿빛 곱슬머리, 그녀의 헌신적인 태도에 지고 말았다. 변함없고 한결같은 헌신의 태도. 브르따뉴에 사는 손자를 사랑하는, 브르따뉴 출신의 그 배운 것 없는 할머니는 어린아이들만의 수수께끼 기호들을 해독할 줄 알았다.

공정한 판관들도 뿔과 엘리자베뜨의 성격이 까다롭다고 생각했을 것이고, 실성한 고모와 알코올 중독이었던 아버지의 기질을 아이들이 유전으로 물려받았다고 주장했을 것이다. 까다롭기로 말하자면, 어쩌면 아이들은 장미처럼 까다로웠고, 그런 판관들은 합병증처럼 까다로웠다. 단순함 그 자체처럼 단순한 마리에뜨는 눈에 보이지 않는 것을 꿰뚫어보았다. 그녀는 아이들의 풍토 속에 편하게 녹아들었다. 그녀는 그 이상을 원하지 않았다. 그녀는 아이들 방의 공기가 공기보다도 가볍다고 느꼈다. 어떤 미생물들이 고지대를 견디지 못하는 것 이상으로, 악덕은 그 방에서 버티지 못했을 것이다. 무겁고 저속하고 비루한 것은 그 어떤 것도 뚫고 들어갈 수 없는, 순수하고 민감한 공기. 사람들이 재능을 인정하듯이, 그리고 재능의 작업을 보호하듯이, 마리에뜨는 그 공기를 인정하고 보호했다. 그녀의 단순함이 그 방의 창조적 재능을 존중할 수 있는 너그러움이라는 재능도 그녀가 가질 수 있게 해주었다. 왜냐하면 아이들은 걸작을 창조하고 있었고, 그 아이들 자체가 걸작이었기 때문이다. 그것은 지성이 전혀 끼어들 자리가 없는 걸작, 목적도 없고 우쭐함도 없어서 한층 더 경이로운 걸작이었다.

환자 아이가 자신의 피로를 이용하고 발열을 조작했다는 것을 굳이 말할 필요가 있을까? 아이는 입을 다물었고, 욕설에도 더이상 반응하지 않았다.

엘리자베뜨는 토라져서, 경멸의 의미를 담은 침묵 속에 틀어박혔다. 침묵하는 것이 따분해지자, 그녀는 악녀의 역할에서 유모의 역할로 넘어갔다. 그녀는 이런저런 수고를 마다하지 않았고, 부드러운 목소리로 말했고, 발끝으로 걸었고, 너무나 조심스럽게 문을 여닫았고, 뽈을 동정이 필요한 불쌍하고 나약한 병자, 수인, 무능력자로 취급했다.

그녀는 병원의 간호사가 될 참이었다. 마리에뜨가 가르쳐줄 테니까. 그녀는 콧수염 달린 흉상, 찢어진 셔츠, 탈지면, 거즈, 옷핀 들을 가지고 여러시간 동안 구석방에 처박혀 있곤 했다. 가구들 위에는 빠짐없이, 머리를 붕대로 감싼 멍한 시선의 그 석고 흉상이 놓여 있었다. 마리에뜨가 불 꺼진 방에 들어갔다가 어둠속에서 그 석고 흉상을 볼 때마다 너무 무서워서 까무러칠 정도였다.

의사는 그런 변신에 감동하여 엘리자베뜨를 칭찬했다.

그리고 그런 상태는 지속되었다. 그녀는 집요했고, 변신한 인물과 완전히 하나가 되었다. 왜냐하면 우리의 어린 주인공들은 외부인들에게 자기들이 보여주는 광경을 단 한순간도 의식하지 않았기 때문이다. 게다가 아이들은 그 광경을 누구에게도 보여주지 않았고, 그럴 의사도 전혀 없었다. 자력을 지닌 그 방, 자신들을 삼켜버리는 그 방을 증오한다고 생각하면서도, 아이들은 그 방을 꿈으로 가득 장식했다. 그들은 각자의 방을 가질 계획이었지만, 빈방을 사용할 생각은 전혀 하지 않았다. 정확히 말하면 엘리자베뜨는 잠시 그럴 생각을 했었다. 그러나 방을 같이 쓰는 바람에 그나마 휘발되었던 죽은 어머니의 기억이 막상 현장에 가면 여전히 그녀를 너무 두렵게 만들었다. 그녀는 환자를 돌본다는 구실로 그 방에 그냥 머물렀다.

성장하면서 뽈의 병은 더 복잡해졌다. 그는 베개로 교묘하게 꾸며놓은 자신의 초소에서 꼼짝하지 않은 채 경련을 호소하곤 했다. 엘리자베뜨는 들은 척도 하지 않았고, 입술에 손가락을 갖다 대면서, 밤늦게 귀가하여 양손에 신발을 들고 양말 바람으로 현관을 가로지르는 젊은이 같은 발걸음으로 지나쳐버렸다. 뽈은 어깨를 으쓱하고는 다시 자신의 게임으로 돌아갔다.

4월에 뽈은 자리에서 일어났다. 그는 이제 서 있지 못했다. 성장하면서 길어진 다리가 그를 제대로 지탱해주지 못했던 것이다. 뽈이 자기보다 머리통 반쯤은 더 크다는 사실에 자존심이 몹시 상한 엘리자베뜨는 성녀처럼 구는 것으로 앙갚음했다. 그녀는 뽈을 부축하고 앉히고 숄을 걸쳐주면서, 그를 노망난 노인네처럼 다루었다.

뽈은 그런 상황에 본능적으로 대처했다. 처음에는 누이의 낯선 태도가 당혹스러웠다. 그러다가 이제는 그녀와 싸워 이기고 싶었지만, 태어난 이래 두 사람이 벌여온 대결의 규칙이 그에게 적절한 태도가 어떤 것인지 가르쳐주었다. 게다가 수동적인 태도는 그의 게으름과도 아주 잘 부합했다. 이번에도 그들은 자기들의 싸움, 숭고의 경지에 이른 싸움의 면모를 일신했고, 다시 균형을 회복했다.

제라르의 마음속에서는 부지불식간에 엘리자베뜨가 뽈의 자리를 차지해버렸고, 제라르는 이제 엘리자베뜨 없이는 지낼 수가 없었다. 정확히 말해서, 그가 뽈에게서 좋아한 것은 몽마르트르 가의 그 집이었고, 뽈과 엘리자베뜨였다. 뽈을 비추던 조명이 상황 때문에 엘리자베뜨를 향하게 되었는데, 엘리자베뜨가 여자아이에서 소녀로, 남자아이들이 여자아이들을 우습게 여기는 나이에서 소녀들이 남자아이들의 마음을 뒤흔들어놓는 나이로 슬며시 옮아가고 있었던 것이다.

의사의 지시 때문에 두 사람을 방문할 수 없었던 제라르는 그 아쉬움을 벌충하고 싶었고, 리즈와 환자를 바닷가로 데려가자고 삼촌을 설득했다. 제라르의 삼촌은 독신에 부자였고, 계속되는 임원 회의에 시달리는 사람이었다. 그는 자기 누이의 아들인 제라르, 과부가 되어 제라르를 낳자마자 세상을 떠난 누이의 아들을 입양했다. 사람 좋은 그가 제라르를 키웠고, 제라르에게 재산까지 물려줄 참이었다. 그는 여행을 승낙했다. 그 참에 자기도 좀 쉬어야겠다고 생각한 것이다.

제라르는 남매의 욕설을 예상하고 있었다. 그래서 자기한테 고맙다고 말하는 한 얼간이와 성녀를 보고는 깜짝 놀랐다. 제라르는 두 남매가 무슨 장난을 치려는 속셈은 아닌지, 불시에 뒤통수치는 일 같은 것을 꾸미고 있는 건 아닌지 의심이 들었다. 그러다가 성녀의 두 속눈썹 사이를 지나가는 짧은 섬광과 얼간이의 콧구멍을 스쳐가는 경련을 보고서야 두 사람이 지금 게임을 하고 있다는 것을 알아차렸다. 확실히 그 게임은 그를 겨냥한 것이 아니었다. 제라르는 이제 새로운 장章의 한가운데에 들어와 있었다. 새로운 시기가 펼쳐지고 있었던 것이다. 그 새로운 시기의 리듬에 익숙해지면 되는 일이었고, 제라르는 두 사람의 예의 바른 태도에 기뻐했다. 삼촌이 아이들과 같이 지내도 불평할 일이 없겠다는 생각이 들었기 때문이다.

실제로 악마들을 만나는 건 아닐까 겁을 내고 있었던 제라르의 삼촌은 뜻밖에도 아주 착한 남매의 성품에 감동했다. 엘리자베뜨가 교태를 부렸다.

"아시겠지만," 그녀가 선웃음을 지으며 말했다. "제 동생이 조금 소심한 편이에요……"

"못된 계집애!" 뽈이 어금니를 깨물며 중얼거렸다. 그러나 제라르의 주의 깊은 귀에 포착된 그 **못된 계집애**라는 말 빼고는, 뽈은 입을 꽉 다문 채 아무 말도 하지 않았다.

기차에서 남매는 흥분을 억제하느라 엄청나게 애썼다. 세상에 대해 아무것도 모르는데다가 객차가 호사로 여겨질 텐데도, 몸가짐에서나 정신적으로나 우아함을 타고난 덕분에 그들은 짐짓 모든 것에 익숙한 척 평정을 유지할 수 있었다.

침대칸은 그럭저럭 남매에게 자신들의 방을 연상시켜주었다. 남매는 이내 자기들이 똑같은 생각을 하고 있음을 깨달았다. '호텔에선 방 두개, 침대 두개를 쓰겠지.'

뽈은 꼼짝하지 않았다. 엘리자베뜨는 실눈을 뜨고 희미한 램프 불빛 아래 파리해 보이는 동생의 옆모습을 뜯어보았다. 주의 깊은 관찰자인 엘리자베뜨는 그렇게 흘깃흘깃 시선을 던지면서, 요양 생활 때문에 고립된 이후로 뽈이 쉽사리 무기력에 빠져들고 이제는 그 무기력에 전혀 저항하지도 않는다는 사실을 확인할 수 있었다. 그녀의 모난 턱에 비해 약간 들어간 그의 턱선이 그녀를 짜증나게 했다. 그녀는 툭하면 엄마들이 그러듯 "뽈, 턱 좀 들어!" "자세 바로 해!" "양손을 테이블 위에 올려놔!"라고 말했다. 상스러운 말로 뭐라 대꾸하면서도, 뽈은 여전히 거울 앞에서 얼굴의 각도를 이렇게 저렇게 바꾸어보곤 했다.

지난해에 그녀는 그리스인 같은 옆얼굴을 만들기 위해 빨래집게로 코를 집고 잘까 하는 생각을 했다. 고무줄 하나가 불쌍한 뽈의 목을 죄어 붉은 자국을 남겼다. 그뒤부터 뽈은 얼굴을 정면이나 정면의 4분의 3쯤만 드러내기로 결심했다.

그들 중 누구도 남의 마음에 드는 것에는 관심이 없었다. 두 사람의 그런 내밀한 시도들은 그 누구를 위한 것도 아니었다.

다르즐로의 제국에서 빠져나오자, 그리고 엘리자베뜨의 침묵 이후로는 말다툼의 생생한 불꽃도 없이 완전히 혼자 남게 되자, 뽈은 자신의 성향대로 행동했다. 그의 나약한 본성이 모습을 드러냈다. 엘리자베뜨의 눈썰미가 정확했던 것이다. 그녀의 은밀한 감시는 아주 사소한 징후들도 놓치지 않았다. 미식가처럼 작은 즐거움들을 음미하는 태도, 목구멍으로 내는 갸르릉 소리, 입술 핥는 소리를 그녀는 증오했다. 불 아니면 얼음인 그녀의 천성은 미적지근한 것을 용납하지 못했다. 라오디케가 천사에게 보낸 서한 속의 구절처럼, 그녀는 미적지근한 것은 토하듯 입 밖으로 뱉어냈다.[8] 순혈인 그녀는 뿔도 순혈이기를 바랐다. 처음으로 급행열차를 타보는 소녀였지만, 엘리자베뜨는 기관차의 덜컹거리는 소리에 귀를 기울이는 대신, 미친 여자의 날카로운 비명 같은 기적 소리, 뿌옇게 부유하는 헝클어진 머리채, 이따금 여행객들의 졸음 위로 심금을 울리며 떠다니는 그 비명 같은 머리채 밑으로 동생의 얼굴을 탐욕스럽게 바라보았다.

---

8 신약성서 요한묵시록 3장 16절 "그러나 너는 이렇게 뜨겁지도 차지도 않고 미지근하기만 하니 라는 너를 입에서 뱉어버리겠다"를 차용하고 있다.

6

목적지에 도착했을 때, 아이들은 실망했다. 호텔마다 사람들이 엄청나게 많이 들어차 있었다. 아저씨의 방 말고는 복도의 다른 쪽 끝에 있는 방 하나만이 남아 있었다. 호텔 측은 그 방에서 뽈과 제라르가 자고, 엘리자베뜨의 침대는 방에 딸린 욕실에 마련해주겠다고 제안했다. 결국은 엘리자베뜨와 뽈이 방에서 자고 제라르가 욕실에서 자는 것으로 결정 났다.

첫날 밤부터 상황이 골치 아프게 되었다. 엘리자베뜨가 목욕을 하고 싶어했고, 뽈도 마찬가지였다. 차가운 분노, 뒤통수치기, 아무렇게나 쾅쾅 문을 여닫는 행동 끝에 결국은 둘이 마주 보고 함께 목욕하는 것으로 결론이 났다. 뜨거운 물로 목욕하는 동안, 뽈이 해초처럼 둥둥 떠다니며 수증기 속에서 즐겁고 천진난만하게 웃어대는 바람에 엘리자베뜨의 신경이 날카로워졌고, 결국은 둘 사이에 거의 습관적인 발길질 전쟁이 시작되었다. 발길질은 이튿날 식탁에서도 계속 이어졌다. 식탁 위에서 아저씨는 두 아이의 미소만을 볼 수 있었다. 그러나 밑에서는 은밀한 전쟁이 펼쳐졌다.

발길질과 팔꿈치로 하는 그 전쟁이 점진적으로 상황이 변화하게 된 유일한 계기는 아니었다. 남매의 매력도 한몫했다. 아저씨의 식탁은 주위 사람들의 미소를 통해 드러나는 호기심의 표적이 되었다. 엘리자베뜨는 사람들과 어울리는 것을 싫어했고 다른 사람들을 경멸했다. 또는 멀찍이서 편집광처럼 한 사람에게만 열중했다. 지금까지 그녀가 열광했던 대상들은 첫사랑을 연기하는 젊은 남자 배우들이나 할리우드의 팜 파딸들이었고, 그 배우들의 거만하고 짙게 화장한 얼굴들이 그녀의 방을 도배하고 있었다. 호텔에는 그녀를 열광시킬 수 있는 것이 아무것도 없었다. 호텔에 온 다른 가족들은 더럽고, 추하고, 게걸스러웠다. 예의를 지키지 않는다고 어른들에게 손바닥으로 맞아가면서도, 비리비리한 계집아이들은 남매의 멋진 식탁을 향해 목을 비틀었다. 적당히 거리가 떨어진 덕분에 그 아이들은 평온한 얼굴을 가장한 남매의 발길질 전쟁을 마치 무대 위에서 펼쳐지는 장면처럼 쭉 지켜볼 수 있었다.

엘리자베뜨에게 아름다움이란 갖가지 표정 짓기, 집게로 코 집기, 뽀마드 바르기, 혼자 처박혀서 낡은 옷들로 아무렇게나 괴상망측한 복장 연출하기 등을 하기 위한 구실에 불과했다. 그렇게 해서

애초의 의도대로 성공을 거두더라도 우쭐해하기는커녕, 그녀는 그것을 그저 놀이로만 여겼다. 다만 노동하는 도시인들에게 낚시가 놀이라면, 항상 놀이를 하는 그녀에게 그것은 또다른 놀이였다. 아이들은 자기들의 방, 소위 '노역장'으로부터 휴가를 떠나와 있었다. 그들은 서로에 대한 애정도 잊어버렸고, 자신들의 시적 성향도 인정하지 않았으며, 시적 성향을 마리에뜨만큼 존중하지도 않았기 때문에, 두 사람이 하나의 사슬에 묶여 지내야 했던 그 감옥으로부터 놀이를 통해 달아나려고 생각했던 것이다.

그 휴가용 놀이는 식당에서 시작되었다. 제라르가 염려하는데도 뽈과 엘리자베뜨는 아저씨의 눈앞에서 놀이에 몰두했고, 아저씨는 여전히 둘의 천사 같은 얼굴밖에 보지 못했다.

그 놀이는 갑자기 인상을 써서 주위의 비리비리한 여자아이들을 겁먹게 하는 것이었는데, 그러려면 이런저런 상황이 특별히 맞아떨어지는 순간을 기다려야 했다. 오래 기회를 엿본 뒤에, 모든 사람들이 주의를 딴 데 돌리는 짧은 순간에, 여자아이 하나가 자기 의자에서 떨어져나와 남매의 식탁 쪽으로 시선을 돌리면, 엘리자베뜨와 뽈은 미소를 지어 보이다가 갑자기 표정을 바꾸어 무섭게 인상을 썼다. 여자아이는 놀라서 고개를 돌렸다. 그런 일을 몇차례 겪고 나면 풀이 죽은 여자아이는 울음을 터뜨렸다. 아이는 자기 엄마에게 칭얼거렸다. 아이 엄마가 이쪽 식탁을 쳐다보았다. 엘리자베뜨가 즉시 미소를 지었고, 상대방도 미소를 지었고, 엄마의 손에 밀쳐지거나 따귀를 맞은 불쌍한 아이는 더이상 꿈쩍도 하지 못했다. 자기들끼리 팔꿈치로 툭 치는 것은 또 한건 했다는 표시였는데, 그것은 공모의 팔꿈치질이었고 이내 폭소로 이어졌다. 방에 돌아오면 그들은 깔깔거리며 웃었다. 제라르도 그들과 함께 정신을 못 차릴 정도로 웃었다.

어느날 저녁, 아주 어린 여자아이 하나가 열두번이나 인상을 썼는데도 굴하지 않고 자기 접시에 코만 박고 있다가, 아이들이 식탁을 떠나려는 순간 아무도 모르게 그들을 향해 혀를 날름 내밀었다. 여자아이의 그 반격이 아이들을 황홀하게 만들었고, 분위기를 확 풀어놓았다. 그들에게 또다른 반격의 기회가 생긴 것이다. 사냥꾼들이나 골프 선수들처럼, 그들은 쾌거를 이룬 뒤에 나중에 다시 음미할 생각에 안달이 났다. 그들은 그 아이가 사랑스러웠고, 놀이에 대해 의논했고, 놀이의 규칙을 복잡하게 만들었다. 못된 장난이 한층 더 심해졌다.

제라르는 그들에게 좀 살살 하라고, 쉼 없이 흘러나오는 수도꼭지를 잠그라고, 물속에 머리를 처박는 위험한 짓은 시도하지 말라고, 서로 싸우지도 말고 살려달라고 소리치며 의자를 집어들고 서로 쫓아다니지도 말라고 애원했다. 증오심과 폭소가 한꺼번에 일었다. 그들의 변덕에 아무리 익숙해져도, 발작에 사로잡힌 그 두 몸뚱이가 언제 또 합쳐져서 단 하나의 몸을 이룰지 예측하기란 불가능했기 때문이다. 제라르는 그런 특별한 순간을 기대하면서도 또한 두려워했다. 옆방 사람들과 삼촌 때문에 그 순간을 기대했고, 그 순간이 뽈과 엘리자베뜨를 한편으로 만들어 자기를 따돌렸기 때문에 두려워했다.

　이내 놀이의 규모가 커졌다. 홀, 거리, 해변, 화단이 놀이의 영역을 넓혀주었다. 엘리자베뜨는 제라르에게 자기들을 도와달라고 강요했다. 그 대책 없는 패거리는 흩어지고, 뛰고, 기어오르고, 웅크리고, 미소 짓고, 인상을 쓰면서 아이들에게 공포심을 불러일으켰다. 고개를 비틀어 쳐다보는 아이들, 입을 헤벌린 채 눈이 튀어나오도록 놀란 아이들을 가족들이 끌고 갔다. 어른들은 아이들의 뺨이나 궁둥이를 찰싹 때렸고, 산보를 취소하거나 집 안에서 못 나오게 했다. 또다른 즐거움 하나가 발견되지 않았다면, 그 재앙은 절대로 끝을 보지 못했을 것이다.

　그 즐거움은 도둑질이었다. 제라르는 더이상 두려움을 말로 표현하지 못한 채, 그냥 따랐다. 그 도둑질은 그저 도둑질을 위한 도둑질이었다. 거기에는 금단의 열매에 대한 취향이나 물욕 같은 것은 섞여 있지 않았다. 질리도록 겁이 난다는 사실만으로 충분했다. 아이들은 아저씨와 함께 들어간 상점에서 하찮고 아무짝에도 쓸모없는 물건들을 주머니에 가득 넣고 나오곤 했다. 쓸모 있는 물건들은 훔치지 않는 것이 규칙이었다. 어느날, 뽈과 엘리자베뜨는 제라르에게 책 한권을 도로 가져다놓는 일을 강제로 시키려고 했는데, 그 책이 프랑스어 책이기 때문이었다. '훔치기 아주 어려운 물건, 예를 들어 물뿌리개' 같은 것을 제라르가 훔친다면, 그 일을 면제해주겠다고 엘리자베뜨가 선언했다.

　불쌍한 제라르는 남매가 시키는 대로 넓은 케이프를 뒤집어쓴 괴상한 차림새를 하고, 죽고 싶은 심정으로 그 일을 실행에 옮겼다. 제라르의 태도가 너무 서투르고 물뿌리개가 옷 속에서 불룩 튀어나온 꼴이 너무나 우스워서, 철물점 주인은 설마 아니겠지 하는 생각에 아이들을 오래 쳐다보았다. "걸어! 걸으라니까, 멍청아!" 엘리자베뜨가 속삭였다. "우릴 쳐다보고 있단 말이야." 길모퉁이를 돌아서서 들통날 위험이 사라지자 그들은 안도의 한숨과 함께 걸음아 날 살려라 도망쳤다.

제라르는 밤에 게 한마리가 자기 어깨를 깨무는 꿈을 꾸었다. 철물점 주인이었다. 주인이 경찰을 불렀다. 제라르는 체포되었다. 삼촌은 유산상속을 철회했다, 등등⋯⋯

커튼 고리, 드라이버, 전기 스위치, 물건 꼬리표, 치수 40짜리 천 운동화 같은 훔친 물건들이 호텔 방에 쌓이면서 일종의 여행용 보물 창고를 이루었다. 금고에 들어가 있는 진짜 진주 대신 밖에 돌아다니는 여성용 모조 진주처럼.

선악을 구분할 줄 몰라서 범죄에까지도 순진무구한 이 막돼먹은 아이들 같은 행동의 밑바닥에는, 뽈의 통속적인 성향이 싫어서 도둑질 놀이를 통해 그 성향을 교정해야겠다고 느낀 엘리자베뜨의 직관이 놓여 있었다. 닦달당하고, 겁먹고, 인상 쓰고, 달리고, 욕설을 내뱉느라 뽈은 이제 더이상 천사처럼 웃지 않았다. 본능적으로 생각해낸 그 재교육 방법을 엘리자베뜨가 어디까지 밀고 나갈지는 예측하기 어려웠다.

아이들은 집으로 돌아왔다. 건성으로 바라본 바다지만, 소금기

덕분에 아이들은 활력을 얻어 돌아왔고, 그 바람에 몸도 마음도 성
장해 있었다. 마리에뜨는 아이들이 몰라보게 달라졌다고 생각했
다. 아이들은 훔친 물건이 아닌 브로치 하나를 마리에뜨에게 선물
했다.

7

아이들의 방이 항해에 나선 것은 바로 그날부터였다. 돛은 더 활짝 펼쳐졌고, 뱃짐은 더 위험해졌으며, 파도는 더 높아졌다.

아이들의 독특한 세계에서는 배영을 하듯 누운 자세로도 빨리 갈 수 있었다. 아편의 완만한 속도처럼, 그 세계에서는 느림 또한 최고 속도 못지않게 위험한 것이었다.

삼촌이 여행을 가거나 공장 시찰을 갈 때마다 제라르는 집으로 돌아가지 않고 몽마르트르 가에서 잤다. 쿠션 더미가 그의 잠자리였고, 낡은 외투들이 그의 이불이었다. 맞은편에서는 침대 두개가 무대처럼 그를 굽어보고 있었다. 그 무대의 조명이 곧이어 일어날 비극의 서막, 그 출발점이었다. 사실 등불은 뽈의 침대 위쪽에 있었다. 뽈이 붉은색 무명 조각으로 등을 가려 불빛을 약하게 만들었다. 그 천 조각이 방 전체에 붉은색 음영을 드리우는 바람에 엘리자베뜨는 주위를 제대로 볼 수 없었다. 그녀가 벌컥 화를 내며 자리에서 일어났고, 천 조각을 치워버렸다. 뽈이 천 조각을 다시 제자리에 되돌려놓았다. 천 조각을 사이에 놓고 서로 옥신각신 싸운 끝에, 서막은 뽈의 승리로 끝났다. 뽈이 누이를 거칠게 밀쳐내면서 등에 천 조각을 다시 씌웠던 것이다. 바다에 다녀온 이후로는 뽈이 누이를 내려다보고 있었기 때문이다. 뽈이 병상에서 일어났을 때, 그리고 뽈의 성장을 목격했을 때 리즈가 느꼈던 두려움은 옳았다. 뽈은 더이상 환자 역할을 받아들이지 않았고, 호텔에서의 심리적 치료는 목표를 초과 달성했다. 엘리자베뜨는 여전히 "신사분께서는 모든 게 아주 마음에 드시나봐요. 이 영화가 아주 마음에 들고, 저 책이 아주 마음에 들고, 이 음악이 아주 마음에 들고, 저 소파가 아주 마음에 들고, 석류 시럽과 보리 시럽이 아주 마음에 들고. 기린, 저 애 좀 보세요, 정말 역겨워! 저분 좀 보라니까! 보세요, 아주 만족에 겨우시구먼! 저 멍청한 얼굴 좀 보라니까요!"라고 말하곤 했지만, 젖먹이가 사내로 변하고 있다는 느낌만은 어쩔 수 없었다. 달리기 경주에서처럼 뽈은 그녀보다 거의 머리 하나만큼 위에 있었다. 방이 그 사실을 공표하고 있었다. 위쪽은 뽈의 방이었고, 뽈은 전혀 힘들이지 않고 꿈의 소도구들을 손이나 눈으로 찾아낼 수 있었다. 아래쪽은 엘리자베뜨의 방이었는데, 그녀는 자기 물건들을 찾으려면 마치 요강을 찾는 것처럼 뒤지고 처박혀야 했다.

그러나 그녀가 가혹한 고문거리들을 찾아내고 잃어버렸던 우위를 되찾는 데에는 시간이 오래 걸리지 않았다. 예전에는 사내아이들의 무기를 썼던 그녀가 이제는 뒤로 물러나 여성적 기질이라는 아주 새롭고도 준비된 자원들을 활용하기 시작했다. 바로 그런 이유로, 그리고 관객이 있으면 유용할 거라는 생각과 구경꾼이 있으면 뽈의 고통이 더 생생할 거라는 추측에서, 그녀는 제라르를 상냥한 얼굴로 맞이했다.

방의 무대는 밤 11시에 시작되었다. 일요일 말고는 낮 공연은 없었다.

열일곱살에 엘리자베뜨는 열일곱살로 보였다. 그런데 뽈은 열다섯살에 열아홉살로 보였다. 뽈은 외출했다. 나돌아다녔다. 그는 아주 마음에 드는 영화들을 보러 갔고, 아주 마음에 드는 음악을 들으러 다녔고, 아주 마음에 드는 여자아이들 꽁무니를 쫓아다녔다. 그 여자아이들이 여자아이다울수록, 교태를 부릴수록, 뽈은 그 여자아이들을 더 마음에 들어했다.

집에 돌아오면 그는 그 만남들에 대해 이야기했다. 그럴 때의 그는 마치 야만인처럼 편집광적으로 솔직했다. 솔직함, 그리고 그 솔직함을 통해 드러나는 악덕의 부재는 그의 입을 거치면서 파렴치의 정반대, 순진무구함의 극치가 되었다. 그의 누이는 심문하고, 비웃고, 역겨워했다. 아무한테도 충격을 주지 않을 사소한 것이 불쑥 그녀의 감정을 상하게 만들었다. 그녀는 이내 아주 품위 있는 태도를 취했고, 닥치는 대로 아무 잡지나 집어들고는 활짝 펼친 페이지들 뒤에 숨어 꼼꼼하게 읽기 시작했다.

대개 뽈과 제라르는 11시 반에서 자정 사이에 몽마르트르의 맥줏집에서 만날 약속을 했다. 그러고는 함께 귀가했다. 엘리자베뜨는 귀 기울여 출입문의 둔탁한 소리가 나기를 기다렸고, 큰 걸음으로 현관 앞을 왔다 갔다 했고, 조바심으로 몸살을 앓았다.

출입문 소리가 그녀에게 초소를 떠나라는 신호를 보냈다. 그녀는 방으로 달려가 자리에 앉았고, 손톱을 손질하는 도구를 집어들었다.

뽈과 제라르는 그녀가 머리그물을 쓰고 혀를 약간 내민 채 손톱을 손질하고 있는 모습을 보았다.

뽈이 옷을 벗으면, 제라르가 친구의 실내복을 찾아냈다. 그럭저럭 뽈이 자리를 잡고 편한 자세를 취하고 나면, 방의 정령이 땅땅땅 무대의 개막을 알렸다.

한번 더 강조하지만, 그 무대의 어떤 배우도, 심지어 관객 역할을 하는 배우조차도, 배역을 연기하고 있다는 의식은 전혀 없었다. 그들의 연극이 보여주는 영원한 젊음은 바로 그런 원초적 무의식 상태에서 비롯되는 것이었다. 본인들은 그런 줄도 모른 채, 그들의 연극 무대(달리 말하면 그들의 방)는 신화의 가장자리에 정박하여 흔들거렸다.

붉은 천 조각이 무대 배경을 자줏빛 미광으로 물들였다. 뽈이 알몸으로 돌아다녔고, 자기 침대를 다시 매만졌고, 침대보를 편편하게 손질했고, 베개로 초소를 구축했고, 의자 위에 자신의 부품들을 배치했다. 엘리자베뜨는 왼쪽 팔꿈치에 몸을 의지한 채, 샐쭉해진 입술로 테오도라[9]처럼 심각하게 동생을 응시했다. 그녀는 오른손으로 자기 머리를 상처가 나도록 긁어댔다. 뒤이어 그녀는 기다란 침대 베개 위에 놓여 있던 뽀마드 통에서 크림을 찍어내어 할퀸 상처에 발랐다.

"멍청이!" 뽈이 말했다. 그러고는 이렇게 덧붙였다.

"저 멍청이가 저렇게 크림을 처바르는 것만큼 밥맛 떨어지는 광경도 정말 없어. 재는 미국 여배우들이 자기 머리에 상처를 내고 뽀마드를 바른다는 걸 잡지에서 읽었대. 그게 두피에 좋다고 생각하는 거야…… 제라르!"

"왜!"

"내 말 듣고 있어?"

"그래."

"제라르, 당신은 너무 착해서 탈이야. 차라리 자요, 저 자식 말 듣지 말고."

뽈이 입술을 깨물었다. 눈에서 불꽃이 일었다. 침묵이 흘렀다. 엘리자베뜨의 촉촉하고 찢어지고 고상한 시선을 받으며 그는 자리에 누웠고, 시트 가장자리를 밑으로 집어넣었고, 목의 위치를 이리저리 바꾸어보았고, 침대 안이 자기가 가장 편안하게 생각하는 이상

---

9 무희 출신으로, 뛰어난 미모와 총명함 덕분에 동로마제국의 황제 유스티니아누스 1세의 비가 된 여인. 남편과 공동 대관하여 여제의 지위에 오르기도 했다.

적인 상태와 정확히 맞아떨어지지 않으면 망설이지 않고 일어나서
다시 시트를 걷어냈다.

그렇게 이상적인 상태가 한번 만들어지고 나면, 그 어떤 힘도 그
를 침대에서 끌어낼 수 없을 것 같았다. 그것은 단순히 잠자리에
든다기보다 스스로를 미라처럼 방부 처리하는 과정이었다. 그는
작은 머리띠, 음식, 성스럽고 자질구레한 골동품 들에 둘러싸였다.
그는 환영들의 나라로 떠나는 중이었다.

엘리자베뜨는 그 설치 작업이 끝나서 마침내 자기가 무대에 등
장하게 될 순간을 기다렸다. 믿기 어렵지만 그들은 4년 동안이나
아무런 사전 계획 없이 밤마다 그들의 작품을 연기해왔다. 몇가지
수정 사항을 빼면, 그 연극은 항상 되풀이되었기 때문이다. 어쩌면
이 미개한 영혼들은 어떤 알 수 없는 법칙에 따라, 밤이면 꽃이 잎
을 닫아버리는 조작만큼이나 이해하기 어려운 어떤 작업을 실행에
옮기고 있는 것인지도 몰랐다.

그 몇가지 수정 사항은 엘리자베뜨가 생각해냈다. 그녀는 깜짝
사건들을 준비하곤 했다. 한번은 뽀마드 통을 내려놓더니, 바닥까
지 몸을 숙여 침대 밑에서 크리스털 쎌러드 접시 하나를 끄집어냈
다. 그녀는 그 접시를 자기 가슴에 꼭 끌어안았고, 탐욕스러운 시선
으로 가재 요리와 동생을 번갈아 쳐다보면서 맨살이 드러난 아름
다운 두 팔로 접시를 감쌌다.

"제라르, 가재 하나 먹을래요? 먹어요, 먹어봐야 해요! 자, 이리
와요. 입안이 얼얼해질 거예요."

그녀는 후추, 설탕, 겨자를 좋아하는 뽈의 입맛을 알고 있었다. 뽈은 그것들을 빵 껍질에 발라 먹곤 했다.

제라르가 자리에서 일어났다. 그는 아가씨를 화나게 할까봐 겁이 났던 것이다.

"나쁜 년!" 뽈이 중얼거렸다. "리즈는 가재를 싫어해. 쟤는 후추도 싫어해. 억지로 저러는 거야. 자기 입술을 일부러 얼얼하게 만드는 거라고."

뽈이 더이상 참지 못하고 리즈에게 하나만 달라고 간청할 때까지 가재를 둘러싼 언쟁은 계속 이어질 참이었다. 그러면 그녀는 뽈을 마음대로 조종할 수 있게 되었고, 자기가 싫어하는 뽈의 식탐에 벌을 내렸다.

"제라르, 비굴하게 가재 하나만 달라고 하는 열여섯살짜리 사내자식보다 더 경멸스러운 게 있나요? 저 자식은 양탄자라도 핥을 거예요, 아시죠? 네발로 기라면 길 거예요. 안돼요! 가져다주지 마세요, 자기 발로 일어나서 이리로 오라고 해요. 꼼짝도 안하고 식탐 때문에 몸살을 앓으면서 노력이라곤 할 줄 모르는, 저 덩치만 크고 굼뜬 게으름뱅이가 정말이지 너무 혐오스러워요. 내가 저 녀석한테 가재를 안 주는 건 창피해서라구요……"

신탁이 뒤를 이었다. 엘리자베뜨는 신이 내려 상태가 아주 좋은 날 저녁에만 삼각대 위에서 신탁을 내렸다.

뽈은 두 귀를 틀어막거나 책을 집어들고 큰 소리로 읽었다. 쎙시몽, 샤를 보들레르가 높은 자리에 오르는 영광을 누렸다. 신탁이 끝나자 뽈이 말했다.

"제라르, 들어봐." 그러고는 큰 목소리로 다시 읽었다.

내가 좋아하는 건 그녀의 악취미, 그녀의 알록달록한 치마,

그녀의 어울리지 않는 숄, 그녀의 혼란스러운 말,

그리고 그녀의 좁은 이마.[10]

그 멋진 구절을 낭송하면서 그는 그 구절이 자기들의 방과 엘리자베뜨의 아름다움을 말해주고 있다는 사실은 깨닫지 못했다.

엘리자베뜨가 신문 하나를 집어들었다. 대놓고 뽈의 목소리를 흉내 낸 목소리로 그녀가 그렇고 그런 기사들을 읽었다. 뽈이 소리쳤다. "그만, 그만 좀 해!" 누이는 아랑곳하지 않고 계속 목이 터져라 읽어댔다.

그때, 읽는 데 열중한 엘리자베뜨가 신문에 가려진 자기를 보지 못하는 틈을 이용하여, 뽈이 한쪽 팔을 이불 밖으로 꺼내더니 제라르가 미처 어떻게 하기도 전에 온 힘을 다해 그녀에게 우유를 뿌려버렸다.

"치사한 자식! 지긋지긋한 놈!"

엘리자베뜨는 화가 치밀어 어쩔 줄 몰라했다. 신문이 젖은 걸레처럼 그녀의 얼굴에 달라붙었고, 여기저기로 우유 방울이 떨어졌

---

10 프랑스의 시인 샤를 보들레르의 시구. 제목을 붙이지 않은 쏘네뜨의 일부.

다. 그러나 뽈이 눈물바다를 기대했던 것과는 달리, 그녀는 감정을 억눌렀다.

"이봐요, 제라르," 그녀가 말했다. "나 좀 도와줘요. 수건으로 닦고, 신문은 부엌으로 가져가요. 난 쟤한테 가재를 막 주려던 참이었는데⋯⋯" 그녀가 투덜거렸다. "하나 먹을래요? 조심해요, 우유가 흐르니까. 수건 있어요? 고마워요."

다시 시작된 가재 이야기가 밀려오는 졸음 사이로 뽈의 귀에까지 들렸다. 그는 이제 더이상 가재를 먹고 싶지 않았다. 그는 출항 준비 중이었다. 식탐이 가라앉으면서 그의 바닥짐을 가볍게 해주었고, 그는 죽은 자들의 강에 속수무책으로 내맡겨졌다.

그의 출항을 중단시키기 위해 엘리자베뜨가 뽈을 자극하는 기술을 총동원해야 하는 중요한 순간이었다. 그녀의 거절이 그를 지루하게 만들었고, 뒤늦게서야 그녀는 자리에서 일어나 그의 침대로 다가가 쌜러드 접시를 그의 무릎에 내려놓았다.

"자, 이 야비한 자식아, 난 냉혹한 사람이 아니야. 네가 그렇게 원하는 가재를 먹게 해줄게."

불쌍한 뽈이 무거운 머리와 눈꺼풀이 달라붙어 부풀어오른 두 눈, 더이상 인간의 공기를 호흡하지 않는 입을 잠의 수면 위로 들어올렸다.

"자, 먹어. 너 먹고는 싶은데 먹기 싫은 거지. 먹어, 안 먹으면 나는 가버린다."

그러자 참수형을 당한 사람이 세상과 마지막 접촉을 시도하는 것처럼 뿔이 입을 반쯤 벌렸다.

"이 꼴을 안 본 사람은 못 믿을 거야. 애! 뿔! 자, 여기, 네가 좋아하는 가재야."

그녀가 가재의 등딱지를 깨어 뿔의 이 사이로 살을 밀어 넣었다.

"애는 꿈을 꾸면서도 씹어! 봐, 제라르! 보라니까, 정말 신기해. 정말 대단한 식탐이야! 상스러운 인간이 아니고서는 불가능한 일이지!"

그러고는 전문가의 주의 깊은 태도로 하던 동작을 계속했다. 그녀는 콧구멍을 벌름거렸고, 혀도 조금 내밀었다. 심각하고 끈기 있게, 꼽추처럼 등을 구부린 그녀는 마치 죽은 아이에게 꾸역꾸역 음식을 먹이는 미친 여자 같았다.

퍽이나 시사적인 그 광경에서 제라르의 기억에 남은 것은 단 하나, 그녀가 자기한테 말을 놓았다는 것이었다.

이튿날, 제라르도 그녀에게 말을 놓아보았다. 따귀라도 맞지 않을까 걱정했지만 그녀도 반말로 대꾸했고, 그녀의 반말에서 제라르는 깊은 애정을 느꼈다.

8

그 방에서 밤은 새벽 4시까지 이어지곤 했다. 그래서 일어나는 시간도 늦어졌다. 11시경에 마리에뜨가 침대로 커피를 가져다주었다. 그들은 커피가 식도록 내버려두었다. 그들은 다시 잠이 들었다. 두번째로 깨어났을 때, 식은 밀크 커피는 매력이 없었다. 세번째로 깨어났을 때도 그들은 일어나지 않았다. 밀크 커피는 잔 속에서 쭈글쭈글 주름이 졌을 것이다. 최선책은 건물 아래쪽 방금 문을 연 샤를 까페로 마리에뜨를 보내는 것이었다. 그녀가 까페에서 쌘드위치와 아뻬리띠프를 날라 왔다.

물론 브르따뉴 출신인 마리에뜨는 손수 만든 가정식 요리를 아이들이 먹어주는 쪽이 더 좋았겠지만, 자기 방식을 자제하고 기꺼이 아이들의 엉뚱하고 기발한 생각에 따라주었다.

때때로 그녀는 아이들을 재촉해 식탁으로 떠밀었고, 강제로 음식을 먹게 했다.

엘리자베뜨는 잠옷 위에 외투를 걸친 다음, 팔꿈치로 괴고, 한 손으로 턱을 받친 채, 멍한 상태로 식탁에 앉았다. 그녀가 취하는 자세는 모두 과학, 농업, 연중의 달을 상징하는 우의적 여인들의 그것이었다. 뽈은 옷을 입은 듯 만 듯한 모습으로, 자기 의자 위에서 건들거렸다. 두개의 공연 사이에 마차에서 식사를 하는 어릿광대들처럼, 두 사람은 각자 말없이 식사했다. 긴 하루가 그들을 짓눌렀다. 그들에게 낮은 공허해 보였다. 어떤 전류가 두 사람을 밤으로, 그들이 다시 삶을 시작할 방으로 이끌었다.

마리에뜨는 방의 무질서를 흩트리지 않고 청소하는 법을 알고 있었다. 4시부터 5시까지, 그녀는 세탁물 방으로 바뀐 모퉁이 방에서 바느질을 했다. 저녁에는 밤참을 준비해놓고 귀가했다. 그 시간에 뽈은 인적 없는 거리를 쏘다니면서, 보들레르의 쏘네뜨를 닮은 여자아이들을 찾아다녔다.

집에 혼자 있게 되면, 엘리자베뜨는 가구들 모퉁이에서 특유의 거만한 자세들을 취해보았다. 그녀는 깜짝 선물을 살 때만 외출했고, 재빨리 집에 돌아와 그 물건들을 숨겼다. 자기 마음속에 살아 있는 어머니와는 전혀 관계가 없는 한 여인이 죽은 방 때문에 불안하고 울적해져서, 그녀는 이 방 저 방을 오가며 서성거렸다.

날이 저물면서 불안감은 커졌다. 그러자 그녀는 어둠이 몰려들

고 있는 그 방으로 들어갔다. 방은 침몰하듯 가라앉고 있었고, 고아
인 그녀는 갑판에 선 선장처럼 두 팔을 늘어뜨리고 시선을 한곳에
고정시킨 채 방과 함께 가라앉아갔다.

9

이성적인 사람들이라면 아연실색하고 말 그런 가정家庭들, 그런 삶들이 있다. 기껏해야 2주일을 넘길 수 없을 것 같은 무질서가 여러해 동안 지속될 수 있다는 사실을 그들은 이해하지 못할 것이다. 그런데 예상과는 전혀 딴판으로, 그런 문제적인 가정들, 문제적인 삶들도 온전하게, 빈번하게, 비상식적으로 지속된다. 그럼에도 이성이 틀리지 않는다고 말할 수 있는 것은, 어쩔 수 없는 상황의 힘이, 그것도 힘이라면, 서둘러 그런 삶들을 전락을 향해 이끌어가기 때문이다.

독특하고 별난 사람들과 그들의 반사회적인 행동은 그들을 파문하는 다원적인 세계의 매력이다. 사람들은 그 가볍고 비극적인 영혼들이 호흡하는 태풍의 불어나는 가속도 때문에 불안해한다. 그 시작은 어린아이들의 유치한 짓거리이고, 처음에는 그저 놀이로만 보인다.

그렇게 몽마르트르 가에서는, 절대로 약해지지 않는 일정한 강도의 리듬에 실려 3년이 흘러갔다. 기질적으로 유년에 적합하게 타고난 엘리자베뜨와 뽈은 계속해서 마치 두개의 쌍둥이 요람에 타고 있는 것처럼 살았다. 제라르는 엘리자베뜨를 좋아했다. 엘리자베뜨와 뽈은 서로를 사랑했고 서로를 괴롭혔다. 2주마다 한밤중의 격한 언쟁이 있은 뒤면 엘리자베뜨는 가방을 꾸렸고, 호텔에 가서 살겠노라고 통고했다.

한결같이 난폭한 밤들, 한결같이 답답하고 무거운 아침들, 두 남매가 표류물이 되고 백주의 두더지 신세가 되는 한결같이 긴 오후들이 지나갔다. 어쩌다가 엘리자베뜨와 제라르가 함께 외출하는 때가 있었다. 뽈은 자기만의 즐거움을 찾으러 갔다. 그러나 그들이 보고 듣는 것은 자기 자신만의 것이 아니었다. 엄격한 규칙의 종복들인 그들은 자기들이 보고 들은 것들을 방으로 가져와서 그곳에서 꿀로 변화시켰다.

이 가엾은 고아 남매에게 삶이 투쟁이라는 생각, 자신들이 남몰래 비합법적으로 살고 있다는 생각, 운명이 자신들을 묵인하고 눈감아주고 있다는 생각은 들지 않았다. 그들은 주치의와 제라르의 아저씨가 자기들이 살아갈 수 있게 도와주는 것을 당연하게 생각했다.

부유함은 하나의 소질이고, 가난도 마찬가지다. 부자가 된 가난뱅이는 번쩍번쩍한 가난을 과시한다. 두 남매는 너무나 부유해서 그 어떤 부도 그들의 삶을 바꾸어놓지 못했을 것이다. 자고 있으면 재산은 그냥 생기는 것이었고, 깨어나서도 그들은 그 사실을 깨닫지 못할 것이다.

그들은 안락한 삶, 경박한 행실에 대한 편견에 반기를 드는 삶을 살았고, 어느 철학자가 말한 "노동으로 허비되는 가볍고 유연한 삶의 놀라운 힘"을 자기도 모르게 실행에 옮기고 있었다.

양떼를 지키는 일이 호사를 누리는 개의 관심을 끌지 못하는 것 이상으로, 장래 계획이라든지 학업, 일자리, 사람들과의 교류 등은 그들의 관심사 밖에 있었다. 신문에서 그들은 범죄 기사만 읽었다. 그들은 관습의 주형鑄型을 망가뜨리는 종족, 뉴욕 같은 감옥이 가석방시켜서 차라리 빠리에나 가서 살라고 보내버리는 종족에 속했다.

그래서 뽈과 제라르가 불현듯 엘리자베뜨에게서 목격하게 될 태도는 현실적인 차원의 동기에 따라 결정된 것이 아니었다.

그녀는 일자리를 얻고 싶어했다. 하녀처럼 사는 데 진력이 났던 것이다. 뽈이야 자기 하고 싶은 대로 하라지. 그녀는 열아홉살이었고, 시들고 있었고, 더이상 단 하루도 계속 그렇게는 살 수 없을 것 같았다.

"내 말 이해하지, 제라르." 그녀는 거듭 말하곤 했다. "뽈은 하는 일 없이 한가해. 게다가 무능력하고, 쟁병이고, 얼간이고, 정신지체야. 나 혼자 힘으로 이 난관을 헤쳐나가야 해. 게다가 내가 일을 안하면, 쟤는 어떻게 되겠어? 나는 일을 할래, 일자리를 구할 거야. 그래야 해."

제라르는 이해했다. 이제 막 이해했다. 미지의 낯선 소재 하나가 방을 장식하고 있었다. 방부 처리되고 떠날 준비가 된 뽈이 엘리자베뜨가 그럴듯하고 심각한 어투로 늘어놓는 그 새로운 욕설을 듣고 있었다.

"가엾은 녀석." 그녀가 다시 말했다. "저 애는 도움이 필요해. 너도 알지, 저 애는 아직 많이 아파. 의사는…… (아니, 안돼, 기린. 저애는 잠들었어.) 의사는 나를 몹시 불안하게 해. 생각해봐, 겨우 눈덩이 하나가 저 애를 쓰러뜨리고 학교까지 그만두게 만들었잖아. 물론 저 애 잘못이 아니고 내가 저 애를 나무라는 것도 전혀 아니야. 그렇지만 저 애는 내가 책임지고 돌봐야 할 불구자야."

'야비한 계집애. 아! 정말 야비해!' 뽈은 자는 척하고 있었지만, 흥분으로 안면 근육이 씰룩거렸다.

엘리자베뜨는 뽈을 주의 깊게 지켜보았고, 입을 다물었고, 그러다가 또다시 숙련된 고문 집행자답게 제라르에게 충고를 구했고, 뽈을 동정했다.

제라르는 뽈의 좋은 안색, 체격, 힘을 거론하며 엘리자베뜨의 말을 반박했다. 그녀는 뽈의 허약함, 식탐, 무기력을 근거로 제라르의 말을 받아쳤다.

뽈이 더이상 참을 수가 없어서 몸을 움직이며 깨어난 시늉을 하자 그녀는 부드러운 목소리로 뭐 필요한 게 있느냐고 묻더니, 대화 소재를 바꾸어버렸다.

뽈은 열일곱살이었다. 열여섯살이 되면서부터는 스무살처럼 보였다. 가재, 사탕은 더이상 통하지 않았다. 누이는 영역을 상향조정했다.

자는 척하는 전략이 자신을 아주 불리한 상황에 처하게 만들자 뽈이 접전을 선택했다. 그가 폭발했다. 엘리자베뜨의 푸념과 하소연도 이내 욕설의 차원으로 옮아갔다. 네 게으름은 범죄이고, 야비함이야. 너는 나를 말려 죽이고 있어. 너는 나한테 얹혀살게 될 거야.

그 댓가로 엘리자베뜨는 허풍쟁이, 고약한 여자가 되었고, 할 줄 아는 것도 없고 아무짝에도 쓸모없는 얼간이가 되었다.

뽈에게서 그런 반격을 받자 엘리자베뜨는 어쩔 수 없이 자기 말을 행동으로 옮겼다. 그녀는 제라르에게 그가 잘 아는 여자가 사장인 큰 의상실에 자기를 추천해달라고 간청했다.

제라르가 엘리자베뜨를 그 여성 디자이너에게 데려갔고, 디자이너는 그녀의 대단한 미모에 깜짝 놀랐다. 불행히도 판매직은 여러개의 언어를 알아야 했다. 디자이너는 엘리자베뜨를 모델로밖에는 채용할 수 없었다. 아가뜨라는 고아 소녀가 이미 모델로 있는데, 그녀에게 엘리자베뜨를 맡기면 엘리자베뜨 입장에서는 새로운 세계에 대해 아무것도 두려워할 필요가 없을 거라고 했다.

판매원? 모델? 엘리자베뜨는 아무래도 좋았다. 오히려 모델 일을 해보라는 제안은 처음으로 무대 위에 설 기회를 그녀에게 주는 것이었다. 계약이 이루어졌다.

그 일의 성사는 아주 이상한 결과도 가져왔다.

"뽈이 독 먹은 사람처럼 넋이 나갈 거야." 그녀가 예상했다.

그런데 전혀 희극적으로 꾸민 기색 없이, 어떤 알 수 없는 해독제의 효과에 떠밀려, 뽈이 격렬하게 화를 냈다. 손짓 발짓을 섞어가면서, 창녀의 동생이 되고 싶지는 않다고, 차라리 거리에서 손님을 받지 그러냐고 소리쳤다.

"거리에서 널 만나게 되겠구나." 엘리자베뜨가 대꾸했다. "그러고 싶진 않다만."

"그리고," 뽈이 냉소적으로 말했다. "우리 불쌍한 누님께서는 자기 자신을 본 적이 없나봐. 넌 웃음거리가 될 거야. 한시간만 지나면, 엉덩이를 발로 차여 해고당하게 될 거라고. 모델? 번지수를 잘못 찾으셨어. 허수아비로 일하겠다고 했으면 모를까."

모델들의 대기실은 정말 끔찍하다. 그곳에서 우리는 초등학생들의 유치한 짓거리, 수업 첫날의 불안을 다시 경험하게 된다. 한없이 긴 어스름에서 빠져나와 엘리자베뜨가 환한 조명을 받으며 품평대 위에 오른다. 그녀는 자기가 못생겼다고 생각했고, 최악을 예상했다. 야생의 어린 짐승 같은 그녀의 장대한 아름다움이 짙은 화장

속에 지쳐 있는 다른 모델들의 마음에 상처를 주었지만, 그녀는 그들의 빈정거림에 아랑곳하지 않았다. 그들은 엘리자베뜨를 시기했고 그녀에게서 등을 돌렸다. 그런 따돌림이 몹시 견디기 어려워졌다. 엘리자베뜨는 동료들을 흉내 내려고 애썼다. 마치 공개 사과라도 요구하려는 것처럼 고객들을 향해 돌진하다가, 막상 면전에서는 거만하게 등을 돌려버리는 동료들의 워킹 방식을 몰래 곁눈질했다. 그녀의 스타일은 이해받지 못했다. 그녀는 몹시 자존심 상할 만큼 불품없는 드레스들을 입어야 했다. 그녀는 아가뜨의 복사판이 되었다.

그렇게 해서, 엘리자베뜨는 아직 알지 못했던, 다정하고 운명적인 어떤 우정이 그 고아 소녀 둘을 한데 묶어주었다. 두 사람이 겪는 불편과 어려움은 비슷했다. 드레스를 갈아입는 사이에, 그들은 흰 블라우스 차림으로 모피 위에 털썩 주저앉았고, 책과 속내 이야기를 교환했고, 서로의 마음을 위로했다.

그리하여 공장에서 한 노동자가 지하에서 만든 부품이 다른 노동자가 꼭대기 층에서 만든 부품과 딱 맞아떨어지듯이, 아가뜨도 그렇게 자연스럽게 남매의 방으로 들어왔다.

엘리자베뜨는 동생이 조금은 반대할 거라고 예상했다. "그 여자애 이름은 구슬 이름이야."[11] 그렇게 미리 동생에게 알려주었다. 뽈은 그 이름이 아주 유명하다고, 세상에서 가장 아름다운 시 중 하

---

11 프랑스어로 '아가뜨'는 '마노'를 뜻하기도 한다.

나에서 프레가뜨와 각운을 이루는 이름이라고 말했다.[12]

12 '프레가뜨'는 '쾌속정'. 샤를 보들레르 『악의 꽃』에 실린 시 「서글프게 방황하는」 (Moesta et errabunda)의 한 구절을 암시한다. "Emporte-moi, wagon! enlève-moi, frégate! / Loin! loin! ici la boue est faite de nos pleurs! / ─ Est-il vrai que parfois le triste coeur d'Agathe / Dise: Loin des remords, des crimes, des douleurs, / Emporte-moi, wagon, enlève-moi, frégate?"(날 데려가다오, 기차여! 날 실어가다오, 쾌속정이여! / 멀리! 멀리! 여기 이 진창은 우리의 눈물로 이루어졌단다! / ─정말 아가뜨의 슬픈 마음은 가끔 이렇게 부르짖는가? / 회한들로부터, 죄악들로부터, 고통들로부터 멀리, / 날 데려가다오, 기차여! 날 실어가다오, 쾌속정이여!)

10

제라르를 뽈로부터 엘리자베뜨에게로 이끌었던 메커니즘이 아가뜨를 엘리자베뜨에게서 뽈로 이끌었다. 아주 이해하기 불가능한 사례는 아니었다. 뽈은 아가뜨가 있으면 마음의 동요를 느꼈다. 분석에는 거의 젬병이어서, 그는 그 고아 소녀를 그저 자기 마음에 드는 좋은 것들의 목록에 올려놓았다.

그런데 사실은 그가 다르즐로를 향해 쌓아올렸던 모호한 동경의 덩어리들을 자기도 모르게 아가뜨 쪽으로 옮겨놓았던 것이다.

그 두 아가씨가 남매의 방에 왔던 어느날 저녁, 그는 난데없이 번개에 맞은 듯 그 사실을 깨달았다.

엘리자베뜨가 보물 창고를 설명하고 있는데, 아가뜨가 아딸리 사진을 집어들면서 큰소리로 말했다.

"내 사진이 있네?" 그 목소리가 너무나 이상해서 뽈이 석관石棺에서 고개를 들었고, 안티누폴리스[13]의 어린 기독교도들처럼 팔꿈치를 세워 몸을 일으켰다.

"네 사진이 아니야." 엘리자베뜨가 말했다.

"그러네, 옷이 다르네. 그렇지만 믿을 수 없을 정도야. 이 사진 내가 가질래. 정말 똑같아. 나야, 나. 이 사람 누구지?"

"남자애야, 얘는. 꽁도르세 다니는 녀석인데, 눈덩이로 뽈을 때렸지…… 맞아, 꼭 너랑 닮았다. 뽈, 아가뜨가 그 친구를 닮았니?"

그 말이 떨어지자마자, 그럴 기회만 기다렸다는 듯이 눈에 보이지 않는 유사성이 확연하게 드러났다. 제라르는 그 불길한 얼굴의 윤곽선을 알아볼 수 있었다.

뽈을 향해 돌아선 아가뜨가 그 흰색 판지를 흔들자, 주홍빛 어둠 속에서 뽈은 눈덩이를 휘두르는 다르즐로를 보았고, 그때와 똑같은 충격을 받았다.

그가 고개를 다시 떨어뜨렸다.

"아니에요, 아가씨." 그가 힘없는 목소리로 말했다. "그 사진과는 비슷한데, 당신은 그애하고 닮지 않았어요."

그 거짓말이 제라르를 불안하게 만들었다. 둘이 닮았다는 것은 너무나 분명했다.

---

13 이집트 나일 강 동쪽 연안의 고대 도시. 로마 기독교가 지배하던 시기에 대표적인 주교구였다.

사실 뽈은 자기 마음속의 어떤 용암들을 절대로 뒤적거리지 않았다. 그 깊은 지층들은 너무나 소중했고, 그는 자기 자신의 서투름을 두려워했다. 마음에 드는 좋은 것도 엄청난 수증기로 그를 도취시키는 그 분화구 언저리를 넘어서지 못하고 멈추어 섰다.

그날 저녁부터 뽈과 아가뜨 사이에는 실들을 촘촘하게 엮어 짠 직물 하나가 만들어졌다. 시간의 복수로 특권이 뒤집어졌다. 풀 길 없는 사랑으로 마음에 숱한 상처를 주던 오만한 다르즐로가 젊은 아가씨로 변해서 뽈의 군림 아래 놓이게 된 것이다.

엘리자베뜨는 그 사진을 서랍 속에 던져버렸다. 이튿날, 그녀는 벽난로 위에서 사진을 다시 발견했다. 그녀는 눈살을 찌푸렸다. 그녀는 한마디도 하지 않았다. 그저 머릿속만 분주했다. 그녀는 뽈이 여기저기 벽에 핀으로 고정시켜놓은 아파치 인디언들, 탐정들, 미국의 스타들이 모두 아가뜨와 아딸리-다르즐로를 닮았다는 사실을 깨달았다.

그 발견은 정확하게 말할 수는 없지만 숨 막히게 하는 어떤 불안 속으로 그녀를 던져 넣었다. 참을 수 없다고, 뽈이 진실을 감추고 있다고 그녀는 생각했다. 뽈이 속임수를 쓰고 있어. 걔가 속인다면 나도 같이 속일 거야. 그녀는 자기가 아가뜨와 좀더 친해지고, 뽈을 무시해버리고, 호기심 같은 건 전혀 내비치지 말아야겠다고 생각했다.

방에 붙여놓은 얼굴들 사이의 유사성은 부정할 수 없는 사실이었다. 누군가 뽈에게 그 사실을 말했다면 뽈은 놀랐을 것이다. 그가 추구하는 유형은 있었지만, 자기 자신은 분명하게 인식하지 못하고 있었다. 그는 자기가 추구하는 유형이 없다고 믿었다. 그런데 부지불식간에 그 유형이 그에게 행사하는 영향력과 뽈이 자기 누이에게 행사하는 영향력은 그들의 무질서와 뚜렷한 대조를 이루었다. 기저에서는 서로 적대적인 두개의 선이 그리스식 박공 위에서 합쳐지듯이, 그 두 영향력도 막무가내로 서로를 향해 달려가는 두 직선 같았기 때문이다.

아가뜨와 제라르가 그 어지러운 방을 함께 쓰면서, 방은 점점 더 집시들의 야영지를 닮아갔다. 말(馬)만 없었지, 누더기를 걸친 아이들은 똑같았다. 엘리자베뜨가 아가뜨를 집에 묵게 하자고 제안했다. 마리에뜨가 빈방에 가구를 넣어주기로 했는데, 아가뜨에게는 그 방에 얽힌 슬픈 추억이 전혀 없었기 때문이다. 처음 목격했을 때도, 다시 기억을 떠올릴 때도, 선 채로 어둠이 내리기를 기다릴 때도, 엘리자베뜨에게 '엄마의 방'은 고통스러운 것이었다. 청소하고 불을 밝혀놓자, 저녁에도 사람이 지낼 수 있게 되었다.

아가뜨는 제라르의 도움을 받아 가방 몇개를 옮겨왔다. 그녀는 이곳의 습관, 밤샘, 잠, 알력, 돌풍, 일시적 소강 상태, 샤를 까페와 그 까페의 쌘드위치에 이미 익숙해져 있었다.

제라르는 모델들이 퇴근할 때면 출구에서 두 소녀를 기다렸다. 그들은 함께 거리를 배회하거나 몽마르뜨르 가로 돌아왔다. 마리에뜨가 차려둔 저녁식사가 식어 있었다. 그들은 식탁을 제외한 아무 곳에서나 먹었고, 다음날이면 브르따뉴 출신의 그 할머니는 계란 껍데기를 주우러 돌아다녀야 했다.

뽈은 운명이 자신에게 마련해준 복수의 기회를 빨리 활용하고 싶었다. 다르즐로 행세를 하고 그의 거만한 태도를 흉내 낼 능력은 없어서, 그는 방 안에 굴러다니는 옛 무기들을 사용했다. 다시 말해서, 아가뜨를 심하게 괴롭혔다. 엘리자베뜨가 아가뜨 대신에 반격해왔다. 그러자 뽈은 자기 누이에게 간접적으로 상처를 주기 위해 겸손한 아가뜨를 이용했다. 그 상황에서 네명의 고아는 모두 나름대로 득을 보았다. 엘리자베뜨는 그들 사이의 대화를 어렵게 만들 수단을 찾아냈고, 제라르는 한숨 돌릴 수 있었고, 아가뜨는 뽈의 오만한 태도에 넋을 잃었고, 뽈도 아가뜨와 마찬가지였다. 왜냐하면 오만한 태도는 사람을 위엄 있게 만들어주는데, 뽈이 다르즐로가 아닌 이상, 아가뜨를 빌미로 자기 누이를 모독할 수 없었더라면 그는 절대로 그런 위엄을 누리지 못했을 것이기 때문이다.

아가뜨는 그 방이 사랑의 전류로 가득 차 있다고 느꼈기 때문에, 자신이 희생자가 되는 것을 즐겼다. 그리고 그 사랑의 전류가 일으키는 강력한 충격은 결코 위험하지 않으며, 그 오존층의 향기도 사람에게 활력을 준다고 느꼈다.

아가뜨의 부모는 딸에게 폭력을 휘두르다가 가스를 쐬어 자살한 코카인 중독자들이었다. 큰 의상점의 지배인이 같은 건물에 살고 있었다. 그가 아가뜨를 불러 자기 사장에게 데려갔다. 그녀는 한동안 조수로 일한 뒤에 드레스를 입어도 좋다는 허락을 받았다. 그녀는 음모와 술수, 모욕적인 행동, 을씨년스러운 소극 들에 익숙해졌다. 남매의 방에도 그런 것이 있었지만, 이번에는 그것들이 그녀를 바꾸어놓았다. 그것들은 사나운 파도, 매서운 바람, 목동의 옷을 벗기는 심술궂은 벼락을 생각나게 했다.

그런 차이는 있었지만, 마약중독자 집안에서 자란 덕분에 그녀는 어슴푸레한 불빛, 위협, 가구들을 망가뜨리는 추격전, 밤에 먹는 식은 고기에 단련되어 있었다. 어린 소녀에게는 충격적일 수도 있는 몽마르트르 가의 그 어떤 것에도 그녀는 놀라지 않았다. 그녀는 혹독한 학교를 이미 졸업했고, 그 학교의 규율이 그녀의 눈과 콧구멍 주위에 새겨놓은 거칠고 야생적인 그 무엇은 대뜸 다르즐로의 거만함으로 해석될 수 있었다.

말하자면 그녀는 그 방에서 자기 지옥의 하늘로 올라갔다. 그녀는 살아 있었고, 숨을 쉬었다. 아무것도 그녀를 불안하게 하지 않았고, 그녀는 친구들이 혹시라도 마약에 손을 댈까봐 불안에 떤 적도 전혀 없었다. 그들은 질투라는 천연 마약의 효과 아래 움직였고, 그들로서는 마약을 하는 것이 흰색 위에 흰색을 칠하고 검은색 위에 검은색을 칠하는 것처럼 무의미한 일이었기 때문이다.

그렇지만 그들도 어떤 착란과 망상의 포로가 될 때가 있었다. 그럴 때면 어떤 열기가 방을 온통 곡면경으로 도배해버렸다. 그러면 아가뜨는 우울해졌고, 천연 마약이라 하더라도 그 신비의 마약 또한 다른 마약 못지않게 요구 조건이 까다로워서 결국은 가스로 질식사하게 만드는 것이 아닐까 하는 의심이 들었다.

바닥짐이 줄어들고 균형이 다시 회복되면 그런 의심들은 사라졌고, 그녀는 다시 안심이 되었다.

그러나 마약은 실재했다. 뽈과 엘리자베뜨는 태어날 때부터 핏속에 그 가상의 물질을 지니고 있었다.

마약은 주기적으로 효력을 발하여 무대 환경을 바꾸어놓는다. 그런 무대 전환, 일련의 현상들의 여러 단계가 한꺼번에 일어나는 것은 아니다. 그 이행은 감지할 수 없고, 혼란스러운 중간 지대를 생겨나게 한다. 모든 상황이 서로 반대 방향으로 움직여서 결국 새로운 그림들을 만들어내기에 이른다.

엘리자베뜨의 삶에서 게임이 차지하는 중요성은 점점 더 작아졌고, 심지어는 뽈의 삶에서도 그랬다. 제라르는 엘리자베뜨한테 정신이 팔려서 더이상 게임을 하지 않았다. 남매는 여전히 게임을 시도하긴 했지만, 성공하지 못해서 짜증이 났다. 그들은 떠나지 못했다. 그들은 꿈의 씨실을 따라가다가 주의가 흐트러지고 산만해진다고 느꼈다. 사실 그들은 다른 곳으로 떠났던 것이다. 스스로를 자기 밖으로 내던지는 일에 이력이 나 있었던 그들은 스스로를 자기 자신 속으로 가라앉게 만드는 그 새로운 단계를 부주의 또는 방심이라고 불렀다. 라신 비극의 플롯 하나가 그 비극 시인이 베르사유의 연회에서 신들을 등장시키고 퇴장시킬 때 사용했던 기계장치들을 대체해버린 것이다.[14] 그 바람에 그들의 연회는 완전히 뒤죽

---

14 내적 정념의 어두운 소용돌이가 신성한 꿈의 세계를 대체해버렸다는 의미로 해석될 수 있는 비유. 예컨대 라신의 비극 『페드르』에서는 의붓아들을 사랑하게 된 아테네 왕비 페드르의 광포한 정념이 극의 핵심 요소이다. '기계장치'는 고대 그리스 비극에서부터 사용된 '데우스 엑스 마키나'(기계장치를 타고 무대에 내려

박죽되었다. 자기 자신 속으로 내려가는 것은 규율을 필요로 하는 데, 그들에게는 그럴 능력이 없었다. 그들이 자기 자신 속에서 만난 것은 암흑과 감정의 유령들뿐이었다. "제기랄! 빌어먹을!" 뽈이 성난 목소리로 외쳐댔다. 모두가 고개를 들어 쳐다보았다. 뽈은 환영들의 고장으로 떠나지 못한 데 화가 치밀었다. "제기랄!"이라는 그 단어는 아가뜨가 한 어떤 동작의 잔상이 자신의 게임을 일보 직전에 중단시켜버린 것에 대한 짜증의 표현이었다. 그는 책임을 아가뜨에게 돌렸고, 그녀에게 짜증을 터뜨렸다. 그 갑작스러운 생트집의 원인은 너무나 단순해서, 사태의 안에 있는 뽈도, 사태의 바깥에 있는 엘리자베뜨도 깨닫지 못했다. 뽈과 마찬가지로 난바다로 출항을 시도하면서도 방향을 잃고 혼란스러운 사색 속으로 빠져들곤 하던 엘리자베뜨도 자기 자신으로부터 벗어날 수 있는 그 기회를 재빨리 움켜잡았다. 동생이 품은 사랑의 앙심을 잘못 이해하여, 그녀는 이렇게 생각했다. '아가뜨가 그 녀석이랑 닮았기 때문에 뽈의 신경을 건드리는 거야.' 그렇게 해서, 풀 수 없는 문제를 푸는 데에 예전에 그토록 능란한 솜씨를 발휘하곤 했던 만큼이나 자기 자신을 해독하는 일에는 서툴렀던 두 남매는, 아가뜨를 통해 둘 사이의 모욕적인 대화를 이어갔다.

목청을 너무 높이다 보면 목이 쉬기 마련이다. 대화는 느슨해지다가 중단되었고, 두 전사는 다시 꿈을 침범해오는 현실의 삶, 오로

오는 신을 말하는데, 극의 모든 갈등을 해소시켜주는 요소로 쓰임)를 가리키는 듯하다.

지 무해한 물건들로만 채워진 유년의 식물적인 삶에 훼방을 놓는 현실의 삶의 포로가 되었다.

엘리자베뜨가 다르즐로의 사진을 보물 창고에 추가하던 날, 그녀의 손길을 머뭇거리게 만들었던 이해하기 힘든 어떤 자기방어 본능, 어떤 정신적 반사작용은 대체 무엇이었을까? 아마도 그 출발에는, 뽈로 하여금 자신의 고뇌와는 어울리지 않는 경계하는 듯한 목소리로 "이거 넣을까?"라고 큰 소리로 묻게 만든 또다른 반사작용, 또다른 본능이 놓여 있었을 것이다. 어찌 되었든 그 사진은 무해하지 않았다. 그날 뽈은 마치 범행 현장을 들킨 사람이 쾌활한 태도로 아무렇게나 거짓말을 지어내듯이 그 사진을 추천했다. 엘리자베뜨는 덤덤하게 그 제안을 받아들였고, 훤히 내막을 잘 알고 있는 것처럼 보이려고, 그리고 뽈과 제라르가 뭔가 꿍꿍이를 꾸미고 있는 거라면 두 사람을 헷갈리게 만들려고, 전혀 개의치 않는다는 과장된 몸짓을 지어 보이며 방을 나갔다.

이미 보았다시피, 서랍 속의 정적이 그 사진을 서서히 악의적으로 주물러놓았고, 그래서 아가뜨의 팔 끝에 들린 그 사진을 보았을 때 뽈이 그것을 수수께끼 같은 그 눈덩이와 동일시한 것은 전혀 이상한 일이 아니었다.

2부

11

며칠 전부터 방이 울렁울렁 키질을 시작했다. 이해할 수 없는 암시와 은폐를 교묘하게 뒤섞는 방식으로 엘리자베뜨가 뽈을 고문했는데, 뭔가 마음에 **드는 좋은 것이** 있지만 (그녀는 그 점을 강조했다) 뽈은 전혀 넘보지 말라는 것이었다. 그녀는 아가뜨를 속내 이야기 상대로 대하고 제라르는 공모자로 취급하면서, 자기가 던지는 암시의 속뜻이 자칫 드러나기라도 할라치면 눈짓으로 신호를 보냈다. 그 방식은 그녀가 기대했던 것 이상으로 성공을 거두었다. 뽈은 호기심에 몸이 달아서 안절부절못했다. 다만 자존심 때문에 제라르와 아가뜨를 따로 불러 물어보지는 못했는데, 그러지 않아도 엘리자베뜨는 입이라도 뻥긋하는 날에는 다시는 못 볼 줄 알라고 두 사람에게 으름장을 놓아둔 것이 분명했다.

결국 호기심이 이겼다. 뽈은 엘리자베뜨가 '예술가들의 외출'이라고 부르는 그 삼인조의 행동을 몰래 엿보았고, 몸이 탄탄한 젊은 남자 하나가 제라르와 함께 의상실 앞에서 기다리고 있다가 일행을 차에 태워 가는 것을 보게 되었다.

밤의 언쟁이 절정에 달했다. 뽈은 자기 누이와 아가뜨를 더러운 창녀로 취급했고, 제라르는 뚜쟁이로 취급했다. 자기는 아파트에서 나가겠다고 했다. 그러면 누이와 아가뜨가 남자들을 집으로 데려올 수 있지 않으냐는 것이었다. 이런 상황을 예견했어야 했다, 모델들은 창녀들이고, 싸구려 창녀들이다! 내 누이는 아가뜨를 끌어들인 발정 난 암캐이고, 제라르, 그렇다, 제라르 네가 이 모든 책임을 져야 한다……

아가뜨는 눈물을 흘렸다. 엘리자베뜨가 평온한 목소리로 "내버려둬, 제라르, 쟤 정말 꼴불견이다……"라고 말하며 끼어들었지만, 화가 난 제라르가 자초지종을 설명했다. 그 젊은 남자는 자기 삼촌과 잘 아는 사람인데, 이름은 미까엘이고, 유대계 미국인이며, 엄청난 재산가라는 것이었다. 그리고 이제는 셋만의 공모를 끝낼 생각이었고, 그 사람을 뽈에게도 소개하려던 참이었다는 것이었다.

뽈은 그런 '더러운 유대인' 따위는 알고 싶지도 않다고, 이튿날 약속 시간에 가서 그 유대인의 따귀를 갈겨주겠다고 고래고래 소리 질렀다.

"그래, 참 깨끗도 하다." 그가 증오심으로 눈에 쌍심지를 켠 채 계속 말했다. "제라르하고 네가 저 어린 여자애를 끌어들인 거지, 너희들이 저 애를 그 유대인 품으로 떠밀어넣었다고. 그러니까 너희들은 저 애를 팔아먹고 싶은 거지!"

"이봐요, 착각하지 마세요." 엘리자베뜨가 대꾸했다. "우리 우정을 생각해서, 길을 잘못 드셨다는 걸 알려드립니다. 미까엘은 나 때문에 오는 거예요, 그 사람은 나하고 결혼하고 싶어하고, 나도 그 사람이 아주 마음에 든답니다."

"너하고 결혼을 해? 결혼을 한단 말이지, 너하고! 너 정말 미쳤구나, 넌 거울도 본 적 없지? 넌 결혼할 수 없어, 못생긴 멍청아! 넌 멍청이 중의 멍청이야! 그 남자가 널 가지고 논 거야, 장난친 거라고!"

그가 발작적으로 웃었다.

엘리자베뜨는 유대인이냐 아니냐 하는 문제는 자신에게도 뽈에게도 문제가 된 적이 없다는 것을 알고 있었다. 그녀는 마음이 따뜻해지고 편안한 느낌이 들었다. 그녀의 가슴이 방 전체를 채울 듯이 부풀어올랐다. 그녀는 뽈의 그런 웃음을 얼마나 좋아했던가! 뽈의 턱선이 얼마나 강렬하게 드러나는가! 그러니 저런 웃음이 나올 때까지 동생을 괴롭히는 건 얼마나 달콤한 일인가!

이튿날, 뽈은 스스로가 우스꽝스럽게 느껴졌다. 마음속으로 그는 자기 자신이 퍼부어댄 욕설이 도가 지나쳤다는 것을 인정했다. 그 미국인 남자가 아가뜨에게 눈독을 들이고 있다고 믿었던 사실은 까맣게 잊은 채, 그는 생각했다. "엘리자베뜨 맘이지. 걔가 결혼을 하든 말든, 누구하고 결혼을 하든, 난 관심 없어." 그러자 자기가 왜 화를 냈는지 의문스러워졌다.

그는 싫은 낯을 했지만, 미까엘을 만나는 쪽으로 서서히 마음이 돌아섰다.

미까엘은 그 방과 완벽하게 대조를 이루는 사람이었다. 그 대조가 너무나 선명하고 뚜렷해서, 그뒤로 아이들 중 누구도 방을 미까엘에게 개방할 생각은 하지 못했다. 그들에게 미까엘은 바깥을 의미했다.

첫눈에 보기에도 그는 지상에 속해 있는 사람이었다. 그가 소유한 재산도 모두 지상에 있었고, 때때로 그에게 현기증을 느끼게 해주는 것은 그의 경주용 자동차들뿐이었다.

그 영화 속 주인공은 뿔의 반감을 극복해야 했다. 뿔이 굴복했고, 그에게 빠져들었다. 네명의 공모자가 다시 방으로 돌아오는 시간, 미까엘이 고지식하게 잠자는 데 할애하는 시간만 빼고, 그들 패거리는 도로 위를 질주했다.

미까엘은 그 밤의 공모에서 손해를 보지 않았다. 거기서 그는 동경의 대상이자 찬미의 대상이었고, 온전히 상상 속 존재가 되었다.

그뒤에 아이들이 그를 다시 만났을 때, 그는 자신이 『한여름 밤의 꿈』에서 요정 여왕 티타니아가 잠든 사람들에게 거는 마법과 비슷한 마법의 효과를 누리고 있다는 것을 의심하지 않았다.

"내가 미까엘하고 결혼하지 않을 이유가 뭐야?"

"엘리자베뜨가 미까엘하고 결혼하지 않을 이유가 없잖아?"

두개의 방이라는 미래가 실현될 것만 같았다. 두개의 방에 대한 계획이 활기를 띠기 시작했고, 그들은 엄청난 가속도로 그 터무니없는 목표를 향해 내달렸다. 그 계획은 마치 하나의 막을 사이에 두고 서로 붙어 있는 쌍둥이가 인터뷰에서 야심차게 털어놓는, 각자 방을 따로 쓰겠다는 장래 계획처럼 터무니없는 것이었다.

유일하게 제라르만 유보적이었다. 그는 고개를 돌렸다. 그라면 절대로 성처녀 혹은 무녀와 결혼할 엄두 따위는 내지 못했을 것이다. 성소의 금기들을 알지 못한 채 감히 그녀를 낚아채 그런 행동을 하는 것은 영화 속에 나오는 젊은 카 레이서나 할 수 있는 일이었다.

방은 항해를 계속했고, 결혼은 준비되고 있었고, 균형은 멀쩡하게 유지되었다. 어릿광대가 무대와 객석 사이에서 높게 쌓아올린 의자 더미의 균형을 잡을 때처럼, 멀미가 날 정도로 아슬아슬한 균형이었다.

그 아찔하고 현기증 나는 멀미가 보리엿 막대 사탕이 주는 밍밍한 메스꺼움을 대체했다. 이 무서운 아이들은 무질서, 즉 여러가지 감각이 혼합된 끈적끈적한 잡탕 셀러드를 탐식한다.

미까엘은 상황을 다르게 받아들였다. 자기가 성소의 성녀와 약혼했다는 사실을 알았다면 그는 아주 놀랐을 것이다. 그는 매력적인 처녀를 사랑했고, 그녀와 결혼하는 것이었다. 그는 즐거운 마음으로 에뚜알 광장의 대저택, 자동차들, 그리고 재산을 그녀에게 선물했다.

엘리자베뜨는 자기 몫으로 방 하나를 루이 14세풍의 가구들로 꾸몄다. 그녀는 응접실과 음악 감상실, 운동실, 수영장, 그리고 아주 괴상하게 생긴 널따란 회랑식 방은 미까엘 몫으로 남겨둘 참이었다. 그 회랑식 방은 작업실이나 식당 같기도 하고 당구실이나 펜싱 연습장 같기도 했는데, 나무들이 굽어보이는 높다란 유리 창문들이 달려 있었다. 아가뜨도 그녀를 따라갈 예정이었다. 엘리자베뜨는 자기 방 윗층의 작은 거처 하나를 아가뜨가 쓰도록 마련해두었다.

아가뜨는 몽마르트르의 방과 결별하는 끔찍한 재앙에 대해 생각해보았다. 그 방의 주술적인 힘, 뽈과의 내밀한 감정이 아쉬워서 그녀는 마음속으로 눈물을 흘렸다. 이곳의 밤들은 이제 어떻게 될까? 동생과 누이 사이의 접촉이 중단되자 기적이 일어났다. 그 결별, 그 세상의 종말, 그 난파는 뽈도 엘리자베뜨도 슬프게 만들지 않았다. 그들은 자신들의 행동이 가져올 직간접적인 결과들을 헤아리지 않았고, 감동적인 걸작이 줄거리의 진행이나 다가오는 결말에 대해 신경 쓰지 않는 것처럼 그들도 스스로에게 의문을 품지 않았다. 제라르는 자신을 희생했다. 아가뜨는 뽈이 하고 싶어하는 대로 따랐다.

뽈은 말했다.

"아주 편리하네. 아저씨가 안 계신 동안에는 제라르가 아가뜨의 방(그들은 이제 더이상 그 방을 엄마 방이라고 부르지 않았다)을 쓸

수 있을 거고, 미까엘이 여행 가면 여자애들은 우리 집으로 돌아올 수밖에 없을 거야."

뿔이 사용한 여자애들이라는 표현은 그가 그 결혼을 수긍하고 있지 않다는 것, 불투명한 앞날을 예상하고 있다는 것을 의미했다.

미까엘은 뿔이 에뚜알 광장의 저택에 와서 살도록 설득하려고 했다. 뿔은 거절했고, 홀로 사는 계획을 포기하지 않았다. 그러자 미까엘은 마리에뜨와 합의하여, 몽마르트르 가에서 쓰는 모든 경비를 자기가 부담하기로 했다.

신속하게 치러진 결혼식에서는 신랑의 막대한 재산을 관리하는 사람들이 증인을 섰고, 식이 끝난 뒤에 미까엘은 엘리자베뜨와 아가뜨가 입주하는 사이에 일주일 동안 에즈에 가서 지내기로 결정했다. 그는 그곳에 건물을 짓고 있었는데, 건축가가 그의 지시를 기다리고 있었다. 그는 경주용 자동차를 타고 갔다. 부부 생활은 그가 돌아와야 시작될 참이었다.

그러나 방의 정령이 지켜보고 있었다.

이 사실을 군이 글로 적을 필요가 있을까? 미까엘은 깐과 니스 사이의 도로 위에서 죽었다.

그의 자동차는 높이가 낮았다. 그의 목에 둘려 휘날리던 긴 스카프가 바퀴 축에 휘감기고 말았다. 차가 미끄러지면서 나무에 부딪혀 부서지고 뒤집어지는 사이에 스카프가 그의 목을 졸랐고, 그는 참수당하듯 끔찍하게 죽었다. 자동차는 정적 속의 잔해물로 바뀌었고, 바퀴 하나만이 복권 추첨판처럼 허공에서 돌아가다가 서서히 멈추었다.

12

유산상속, 갖가지 서명, 재산 관리인들과의 협의, 상주로서의 슬픔과 피로 등등이 결혼에 대해 법적인 절차밖에는 경험하지 못한 젊은 여자를 짓눌렀다. 이제는 돈으로 도와줄 필요가 없었던 제라르의 삼촌과 의사는 직접 몸으로 엘리자베뜨를 도왔다. 그렇다고 해서 그들이 감사를 더 많이 받은 것도 아니었다. 그녀는 자기가 해야 할 모든 일을 그 두 사람에게 떠맡겼다.

그들은 재산 관리인들과의 협조하에 상상을 불허하는, 그래서 그냥 숫자에 불과한 액수의 돈을 분류하고, 계산하고, 집행했다.

우리가 앞에서 언급한 적이 있는 부유함에 대한 소질 덕분에, 뽈과 엘리자베뜨가 천성적으로 타고난 부를 불려줄 수 있는 것은 아무것도 없었다. 유산상속이 그것을 증명해주었다. 비극적인 사건의 충격이 그들을 더 많이 바꾸어놓았다. 그들은 미까엘을 사랑했다. 결혼과 죽음이라는 예기치 않은 모험이 미까엘이라는 별로 비밀스럽지 않은 존재를 비밀의 영역 안으로 밀어넣어주었다. 꿈틀꿈틀 휘날리는 스카프가 그의 목을 조름으로써 그에게 방문을 열어준 것이다. 그렇지 않았더라면 그는 절대로 그 방에 들어오지 못했을 것이다.

몽마르트르 가에서는 누이와 서로 머리채를 잡고 드잡이하던 시기에 뽈이 마음속에 품었던 혼자 살겠다는 계획이 실현되었지만, 아가뜨가 떠나는 바람에 그것도 견딜 수 없게 되었다. 이기적인 식탐이 그를 지배하던 때에는 그 계획도 나름대로 의미가 있었지만, 나이가 들면서 욕망이 강해지자 결국 모든 의미를 잃게 되었다.

그 욕망은 막연한 것이었지만, 뽈은 자신이 갈망하던 고독이 자기에게 아무런 득도 되지 않을 뿐 아니라 오히려 마음속에 끔찍한 공허감을 새겨놓는다는 사실을 깨달았다. 극심한 무기력을 핑계로 그는 누이의 집에 가서 사는 것을 받아들였다.

엘리자베뜨는 그에게 미까엘의 방을 내주었는데, 넓은 욕실 하나를 사이에 두고 자신의 방과 붙어 있는 방이었다. 하인들, 즉 세 명의 흑백 혼혈인과 흑인 우두머리 한 사람이 미국으로 돌아가고 싶어했다. 마리에뜨가 프랑스 여자 한 사람을 고용했다. 운전기사는 그대로 남았다.

뽈이 집으로 들어오자마자 이내 공동 침실이 다시 만들어졌다.

아가뜨는 위층에 혼자 있는 것이 무서웠고…… 뽈은 기둥 네개 짜리 침대에서 잠을 자지 못했고…… 제라르의 아저씨는 독일에 있는 공장에 가곤 했다…… 요컨대 아가뜨는 엘리자베뜨의 침대에서 잤고, 뽈은 자기 침구를 끌어와 소파 위에 초소를 꾸몄고, 제라르는 자신의 숄들을 쌓아올려 잠자리로 썼다.

미까엘은 그 끔찍한 사고 이후, 어디서든 다시 만들어질 수 있는 그 추상적인 방에 살게 되었다. 성처녀! 제라르가 옳았다. 제라르는 자신도, 미까엘도, 세상의 그 누구도 엘리자베뜨를 소유할 수 없을 거라고 생각했다. 사랑이 그에게 자신을 사랑으로부터 격리시키고 있는 불가사의한 원圓, 침범했다가는 목숨을 댓가로 치러야 하는 그 원을 계시해주었다. 그리고 설혹 미까엘이 성처녀를 소유했다손 치더라도, 절대로 성소는 소유하지 못했을 것이다. 그는 죽음을 통해서만 그곳에 살 수 있었다.

13

그 저택에는 얼추 당구실이면서 작업실이기도 하고 얼추 식당이기도 한 회랑식 방 하나가 있음을 기억할 것이다. 그 복잡미묘한 회랑은 사실 회랑도 아니고 아무 쓸모가 없다는 점 자체로도 이미 기묘했다. 띠 모양의 계단용 양탄자가 리놀륨 바닥을 오른쪽으로 가로지르며 벽 가까이까지 깔려 있었다. 방에 들어서면 왼쪽으로 천장에 매달린 등 밑에 식탁 하나, 의자 몇개, 원하는 대로 모양을 바꿀 수 있는 접이식 목제 칸막이들이 보였다. 그 칸막이들이 불완전한 식당을 불완전한 작업실과 분리해주었는데, 소위 작업실에는 그 방의 또다른 탁자인 제도용 탁자 주위에 침대 겸용 안락의자, 가죽 소파, 회전 서가, 지구 평면도 따위가 맥없이 놓여 있었다.

제도용 탁자 위의 반사경 달린 등 하나가 홀 전체의 유일한 광원이었다.

흔들의자 몇개 말고는 텅 비어 있는 공간 뒤쪽에 당구대 하나가 생뚱맞게 놓여 있었다. 높다란 유리창들이 천장 여기저기에 빛의 보초들을 투사시켰고, 밖에서부터 비스듬히 내리비치는 빛은 경사면을 이루면서 모든 것을 연극 무대에서처럼 뿌연 달빛으로 물들였다.

마치 빛 가림막이 달린 호롱불이 얼비치고, 여닫이 창문이 열리고, 도둑이라도 소리 없이 뛰어들 것 같은 분위기였다.

그런 정적, 그런 무대조명은 눈, 그리고 예전 몽마르트르 가의 허공에 뜬 거실, 나아가 전투가 시작되기 전의 몽띠에 주택단지, 눈에 덮여 회랑의 규모로 축소된 주택단지의 전경을 떠올리게 해주었다. 정말 그곳과 유사한 고독이자 예감이었고, 유리창들이 가공해내는 희끄무레한 건물 외관도 그대로였다.

그 방은 식당이나 계단을 깜박했음을 뒤늦게 깨달은 어느 건축가의 아주 엉뚱한 계산 착오의 결과물 같았다.

미까엘은 그 집을 개축한 적이 있었지만, 언제나 다다르게 되는 막다른 골목 같은 그 문제를 해결하지는 못했다. 그러나 미까엘 같은 사람의 집에서 계산 착오는 곧 생명의 출현이었고, 기계장치가 인간화되면서 자리를 양보하는 순간이었다. 생기라곤 거의 없는 그 집에서 그 사점死點은 생명이 기어코 망명해 있는 장소였다. 무자비한 양식樣式에 내몰려, 시멘트와 철골 덩어리에 내몰려, 생명은 아무것이나 몸에 걸치고 달아나는 전락한 공주들의 외양을 하고 그 휑뎅그렁한 구석 자리에 숨어 있었다.

그 저택에 감탄한 사람들은 이렇게 말하곤 했다. "더이상 손댈데가 없어. 전혀, 아무것도. 억만장자는 어쨌든 뭔가 달라." 그런데 뉴욕에 매혹된 사람들, 그래서 그 방을 우습게 여겼을 사람들도 그 방이 얼마나 미국적인지는 짐작하지 못했다. (미까엘도 마찬가지였다.)

그 방은 신비교파들과 신지학자들의 도시인 뉴욕, 크리스천 싸이언스, KKK단, 상속녀에게 수수께끼 같은 시험 문제를 내는 유언장들, 죽음의 결사들, 교령交靈 원탁, 에드거 앨런 포우의 몽유병자들에 대해 철골이나 대리석보다 천배는 더 잘 말해주고 있었다.

이 정신병원의 면회실, 물질로 바뀌어 멀리서 자신의 사망을 알리는 망자들에게나 딱 어울릴 그 무대장치는 성당과 예배당, 그리고 귀부인들이 오르간을 연주하고 양초를 태우면서 고딕풍의 제실祭室에서 생활하는 사십층 테라스의 유대교적 취향을 떠올려주기도 했다. 왜냐하면 뉴욕은 루르드보다, 로마보다, 그리고 이 세상의 그 어떤 성도聖都보다도 더 많은 양초를 소비하기 때문이다.

어떤 복도들을 감히 가로질러가지 못해서 불안한 아이들, 잠에서 깨어나 불안한 아이들, 문고리 돌아가는 소리와 삐걱대는 가구들 소리에 귀 기울이며 불안해하는 아이들을 위해 만들어진 회랑식 방.

그런데 이 괴상한 잡동사니 방이 미까엘의 약점이자 그의 미소였고, 그가 지닌 영혼의 가장 좋은 부분이었다. 그 방은 아이들과 만나기 전부터 그의 내면에 존재했던, 그래서 그를 아이들과 어울릴 수 있게 해준 어떤 것을 가리켜 보였다. 그 방은 아이들의 방에서 그를 배제하는 것이 부당함을 증명하고 있었고, 그의 결혼과 비극적 죽음이 숙명이라는 것도 증명하고 있었다. 커다란 수수께끼 하나가 그 방에서 명백해졌다. 엘리자베뜨가 그와 결혼한 것은 그의 재산 때문도, 그의 힘이나 우아함, 매력 때문도 아니었다. 엘리자베뜨는 그의 죽음을 위해 그와 결혼한 것이었다.

그리고 아이들이 저택의 온갖 곳으로 방을 찾아다니면서도 그 회랑식 방만은 예외로 여겼던 것도 당연한 일이었다. 자신들이 사용하는 두개의 방 사이에서 아이들은 연옥에서 고통받는 영혼들처럼 방황했다. 뜬눈으로 지새우는 밤들은 이제 더이상 첫닭이 울면 달아나는 그 가벼운 유령이 아니라, 허공을 감도는 불안한 유령이었다. 마침내 각자의 방을 갖게 되자 완강하게 자기 방을 지키려고 하면서, 아이들은 미친 듯이 자기 방에 처박혀 지내거나, 아니면 적대적인 태도로, 두 눈에 칼날을 번득이면서, 입술을 앙다문 채, 어슬렁어슬렁 이 방 저 방을 오갔다.

그 회랑식 방은 틀림없이 아이들에게 어떤 주문을 걸었을 것이다. 그 부름은 아이들을 조금 겁먹게 만들었고, 그 방의 문턱을 넘어서지 못하게 했다.

그들은 회랑식 방이 지닌 아주 독특한 효력 중 하나를 알아차렸는데, 그것은 결코 사소하지 않았다. 그 방은 마치 단 하나의 닻에 매여 있는 것처럼 사방으로 표류하고 있었다.

어떤 방이든 다른 방에 있게 되면 회랑이 어디 있는지 가늠하기란 불가능했고, 회랑식 방에 들어가면 다른 방들과의 관계 속에서 그 방의 위치를 짐작할 수 없었다. 주방에서 희미하게 들려오는 그릇 부딪치는 소리로 간신히 방향을 잡을 수 있을 뿐이었다.

그 마법과 그 소리는 케이블카를 타고 몽롱한 상태에 있는 아이들을 생각나게 했고, 창문을 통해 세상이 깎아지른 듯이 바라다보이는 스위스의 호텔들, 아주 가까이, 길 건너편에, 금강석으로 지은 건물처럼 빙하가 정면으로 바라다보이는 스위스의 호텔들을 떠올리게 해주었다.

이번에는 미까엘이 아이들을 가야 할 곳으로 이끌고, 금빛 갈대를 손에 들어 경계를 긋고,[15] 아이들에게 있을 곳을 지정해줄 차례였다.

뿔은 토라져 있고 엘리자베뜨는 뿔이 잠을 자지 못하게 방해하던 어느날 밤, 뿔이 문을 쾅 닫고 나가서 회랑식 방으로 몸을 피했다.

관찰은 워낙 그의 장기가 아니었다. 그러나 그는 맹렬하게 감응

---

15 구약성서 에제키엘 40장에 나오는 노끈과 막대기(미래의 새 성전을 측량해 구획하며 환시로 보여주는 도구)의 인유이다.

해오는 자장들을 느끼고, 그것들을 마음속에 기록하고, 이내 자기 방식으로 조합했다.

연속적으로 빛과 어둠의 자락이 교체되는 그 신비한 공간, 그 황량한 스튜디오의 무대장식들 사이에 들어서자마자, 그는 아무것도 그냥 지나치지 않는 신중한 고양이가 되었다. 그의 두 눈이 번득였다. 그는 멈추어 섰고, 우회했고, 쿵쿵거렸다. 방 하나를 몽띠에 주택단지와 동일시하고 밤의 침묵을 눈(雪)과 동일시할 수는 없었지만, 그는 그곳에서 이전 삶의 강렬한 데자뷔를 경험했다.

그는 작업실을 샅샅이 살폈고, 다시 몸을 일으켰고, 서성거렸고, 칸막이들을 둘둘 말아 안락의자 하나를 둘러쌌고, 안락의자에 누워 두 발을 다른 의자에 얹었다. 이윽고 흡족한 마음으로 그는 떠나려고 시도했다. 그러나 등장인물은 내버려둔 채, 무대가 움직이기 시작했다.

그는 고통스러웠다. 자존심 때문에 고통스러웠다. 다르즐로의 분신分身에 대한 그의 복수는 끔찍한 실패로 끝났다. 아가뜨가 그를 지배했다. 그리고 자기가 아가뜨를 사랑한다는 것, 그녀가 부드러움으로 자기를 지배하고 있다는 것, 그냥 자기가 져야 한다는 사실을 납득하는 대신에, 그는 머리를 꼿꼿이 쳐들었고, 저항했고, 자신의 사탄이자 악마적인 숙명이라고 여겨지는 것과 맞서 싸웠다.

고무관으로 통 하나에 든 내용물을 다른 통에 옮겨 담으려면 그저 마중물만 있으면 된다.

이튿날, 뿔은 계획을 세워서 쎄귀르 부인[16]의 동화 『방학』에서처

럼 오두막 하나를 만들었다. 칸막이들이 문이 되어주었다. 윗쪽이
열려 있어서 회랑식 방의 초자연적인 삶을 공유하는 그 성곽의 내
부는 무질서로 넘쳐났다. 뽈은 그곳에 석고 흉상, 책들, 빈 상자들
을 가져다놓았다. 더러운 세탁물들도 가져다 쌓았다. 커다란 거울
하나가 그 모든 정경을 비추어주었다. 안락의자는 접이식 침대로
교체되었다. 반사경 달린 등에는 붉은색 무명 천을 씌웠다.

처음에는 몇번 와보기만 하더니, 엘리자베뜨, 아가뜨, 제라르도
구미가 당기는 그 가구들의 정경을 잊을 수가 없어서 뽈을 따라 이
주해 왔다.

아이들은 활력을 되찾았다. 그들은 야영지를 구축했다. 달빛과
어둠의 웅덩이들도 그들에게는 즐거움이었다.

일주일이 지나자 보온병들이 샤를 까페를 대신하게 되었고, 칸
막이들을 이용하여 단 하나의 방, 리놀륨 바닥으로 둘러싸인 무인
도 하나가 만들어졌다.

두개의 방이 서로 불편해진 이후로, 아가뜨와 제라르는 자주 함
께 외출했다. 둘은 자신들이 불필요한 잉여의 존재로 느껴졌고, 뽈
과 엘리자베뜨의 짜증이 망가진 분위기 때문이라고 생각했다. 둘
의 우정은 같은 병을 앓는 환자들 사이의 우정이었다. 제라르가 엘
리자베뜨를 그렇게 생각하듯이, 아가뜨는 뽈을 지상 저 높은 곳에
있는 존재로 간주했다. 두 사람 다 사랑하고 있었고, 불평하지 않

---

16 19세기 프랑스의 동화 작가.

왔고, 자신들의 사랑을 감히 표현한 적도 없었다. 그들은 좌대 밑바닥에서 고개를 쳐들고, 자신들의 우상을 숭배했다. 아가뜨는 젊은 눈(雪)의 남자를, 제라르는 철의 성처녀를.

두 사람 중 누구도 자신의 열렬한 사랑의 댓가로 호의가 아닌 다른 어떤 것을 기대해본 적은 없을 것이다. 그들은 상대방이 자신의 존재를 묵인해주는 것만으로도 감지덕지했고, 자신이 남매의 몽상에 짐이 될까봐 불안했고, 자신이 짐이 된다고 생각될 때는 조심스럽게 물러났다.

엘리자베뜨는 자기 자동차들을 잊고 있었다. 그녀는 운전기사를 보고 자동차 생각이 났다. 제라르와 아가뜨를 데리고 그녀가 드라이브를 나간 어느날 저녁, 혼자 남아 고집스럽게 자신의 태도 속에 갇혀 있던 뿔은 자신의 사랑을 깨달았다.

그는 아가뜨와 꼭 닮은 얼굴의 사진을 현기증이 날 정도로 바라보다가 불현듯 자신의 사랑을 깨닫고, 거의 넋이 나가버렸다. 너무나 명백했다. 마치 모노그램에서 글자들을 식별하려 할 때, 처음에는 글자 사이에 얽혀 있는 것처럼 보이던 무의미한 선들이 어느 순간 보이지 않게 되는 경우와 비슷했다.

칸막이에는 마치 여배우의 대기실처럼 몽마르트르 가에서 찢어온 잡지 사진들이 나붙어 있었다. 새벽이면 연꽃들이 크게 입맞춤 소리를 내며 피어나는 중국의 늪지인 양, 칸막이들은 살인자들과 여배우들의 얼굴을 한꺼번에 피워올렸다. 뿔의 이상형은 거울 궁

전에서 증식하여 불쑥 모습을 드러내곤 했다. 처음에는 다르즐로로 나타났고, 어둠속에서 선택된 하찮은 여자들을 통해서도 나타났고, 간이 칸막이에 붙은 얼굴들과도 일치했고, 마침내 아가뜨의 모습으로 선명하게 드러났다. 사랑에 이르기까지는 얼마나 많은 준비와 밑그림, 그리고 수정이 필요한가! 그는 스스로를 한 소녀와 한 중학생 사이에서 우연히 발견된 일치의 희생자라고 생각했었는데, 이제는 운명이 제 무기들을 얼마나 세심하게 점검하는지, 그리하여 운명이 사랑을 겨냥하고 찾아내는 데까지 얼마나 오래 걸리는지 알게 되었다.

그런데 뽈의 은밀한 취향, 특정 유형에 대한 그의 취향은 사실 여기서 아무런 역할도 하지 않았다. 운명이 무수한 소녀들 중에서 아가뜨를 엘리자베뜨의 동거인으로 만들어버렸기 때문이다. 그러므로 그 단초들을 찾으려면 가스 자살 사건으로까지 거슬러올라가야 했다.

뽈은 그 운명적 만남이 경탄스러웠고, 그의 갑작스러운 통찰력이 자신의 사랑에 국한된 것만 아니었더라면 아마 그 놀라움은 끝이 없었을 것이다. 그랬다면 그는 레이스 제조공의 북을 느릿느릿 흉내 내는 운명의 작업, 우리를 작업용 쿠션처럼 자기 무릎에 올려놓고 핀으로 무수히 찔러대는 운명의 작업이 어떤 식으로 이루어지는지 깨달았을 것이다.

뭔가 질서가 잡히고 안정되는 것과는 그다지 어울리지 않는 그 방에서 뽈은 사랑을 꿈꾸었고, 애초에 아가뜨를 그 어떤 세속적인 모습으로도 자신의 사랑과 연결 짓지 않았다. 그는 혼자 열광했다. 불현듯 그는 거울에서 부드러워진 자기 얼굴을 보았고, 어리석음이 자신에게 만들어주었던 찌푸린 얼굴이 부끄러워졌다. 그는 악을 악으로 갚으려고 했었다. 그런데 자신의 악은 선이 되어 있었다. 그는 최대한 빨리 그 선을 돌려주고 싶었다. 그가 그럴 수 있을까? 그는 사랑하고 있었다. 물론 그렇다고 해서 그 사랑이 상호적인 것은 아니었고, 결코 그렇게 될 수도 없었다.

자신이 남에게 존중심을 불러일으킬 수 있으리라고는 전혀 상상할 수 없었기에, 그를 존중하는 아가뜨의 태도는 반감으로 보이기까지 했었다. 그런 생각을 할 때 느껴지는 고통은 그가 자신의 자존심 때문이라고 여겼던 남모르는 고통과는 완전히 다른 것이었다. 그것은 그를 온통 사로잡았고, 그를 들볶았고, 그에게 응답을 요구했다. 그 고통은 전혀 정적이지 않았다. 그는 움직여야 했고, 적절히 해야 할 일을 찾아야 했다. 그는 절대로 발설할 수 없을 것 같았다. 게다가 어디 가서 말한단 말인가? 그들이 공유하는 종교의 의식들, 그리고 그 종교의 분열상도 비밀 연애를 아주 어렵게 만들었다. 그리고 그들의 혼란스러운 생활양식 속에는 어떤 특정한 날에 하는 특별한 말 따위는 들어 있지 않았기 때문에, 말을 한다고 해도 그의 말은 진지하게 받아들여지지 않을 확률이 아주 컸다.

편지를 쓰자는 생각이 그에게 떠올랐다. 돌멩이 하나가 고요 위에 잔잔한 파문을 일으켰다. 두번째 돌멩이는, 예측할 수는 없지만 그를 대신해서 모든 것을 결정해줄 다른 결과들을 불러올 것이다.

그 편지(속달 우편)는 우연의 먹잇감이 될 것이다. 동아리 한가운데에 떨어질 수도 있고 아가뜨에게만 전해질 수도 있지만, 어쨌든 그 편지는 그에 따른 결과를 만들어낼 것이다.

그는 자기 마음의 동요를 숨기기로, 이튿날까지 토라진 척하기로, 그렇게 해서 편지를 쓰고 붉게 달아오른 자기 얼굴을 드러내지 않기로 마음먹었다.

그 전략은 엘리자베뜨를 짜증 나게 만들었고, 불쌍한 아가뜨를 낙심하게 만들었다. 아가뜨는 뽈이 자기에게 혐오감을 느껴서 피한다고 생각했다. 이튿날, 그녀는 아프다고 말하면서 자리에 드러누웠고, 자기 방에서 저녁을 먹었다.

제라르와 둘이 마주 앉아서 을씨년스러운 저녁 식사를 끝낸 후 엘리자베뜨는 서둘러 제라르를 뽈에게 보냈고, 자기가 감기에 걸린 아가뜨를 돌보는 동안에 뽈의 방에 들어가서 어떻게든 그를 구워삶아보라고, 자신들에 대한 뽈의 불만이 무엇인지 알아보라고 제라르에게 간곡히 부탁했다.

그녀는 아가뜨가 배를 깔고 엎드려 베개에 얼굴을 파묻은 채, 눈물을 흘리고 있는 것을 발견했다. 엘리자베뜨는 충격을 받았다. 집안의 불안한 분위기가 그녀의 마음속에 잠들어 있던 어떤 지층들을 깨어나게 했다. 그녀는 어떤 비밀의 냄새를 맡았고, 도대체 어떤 비밀인지 궁금해졌다. 그녀의 호기심이 더이상 참지 못할 정도가 되었다. 그녀는 불쌍한 아가뜨를 달래고 얼러서, 결국은 고백을 받아냈다.

"그 사람을 좋아해. 난 사랑하는데, 그 사람은 나를 경멸해." 아가뜨가 흐느껴 울었다.

그러니까 사랑이었던 것이다. 엘리자베뜨가 미소를 지었다.

"여기 제정신이 아닌 아가씨가 또 있네." 아가뜨가 말하는 사람이 제라르라고 생각한 엘리자베뜨가 큰 소리로 말했다. "정말이지 걔가 무슨 권리로 널 경멸하는지 알고 싶네. 걔가 그렇게 말했어? 아니지! 그런데? 그 멍청한 자식, 운도 좋지! 네가 걔를 좋아한다면 걔는 너하고 결혼해야 하고, 너는 걔와 결혼해야 해."

자매 같은 엘리자베뜨의 꾸밈없는 솔직함, 자기를 조롱하는 대신에 엘리자베뜨가 제안한 상상도 하기 어려운 해결책에 아가뜨는 마음이 누그러지고, 진정되고, 안심이 되었다.

"리즈……" 나이 어린 과부의 어깨에 기대어 그녀가 중얼거렸다. "리즈, 넌 좋은 사람이야, 너무 좋은 친구야…… 그렇지만 그 사람은 날 좋아하지 않아."

"그렇다는 걸 확신해?"

"불가능한 일이야……"

"알잖아, 제라르는 소심한 남자야……"

어깨가 눈물로 흠씬 젖은 상태에서 그녀가 계속 아가뜨를 달래고 어르던 중에, 아가뜨가 고개를 쳐들었다.

"그런데…… 리즈…… 제라르 얘기가 아니야. 내가 말하는 사람은 뽈이야!"

엘리자베뜨가 일어섰다. 아가뜨가 머뭇머뭇 말했다.

"미안…… 용서해줘……"

엘리자베뜨는 두 팔을 늘어뜨리고 시선을 한곳에 고정시킨 채, 마치 몸이 불편했던 엄마의 방에서 그랬던 것처럼, 마치 예전에 어머니가 자기 어머니가 전혀 아닌 어떤 죽은 여자로 바뀌는 것을 보던 때처럼, 선 채로 밑으로 가라앉고 있는 느낌이 들었다. 그녀는 아가뜨를 쳐다보았고, 울고 있는 예쁜 소녀 대신에 불길한 아딸리, 집 안에 몰래 들어온 도둑을 보았다.

그녀는 알고 싶었지만, 자제했다. 그녀는 침대 가장자리에 가서 앉았다.

"뿔이라고! 당황스럽네. 전혀 짐작도 못했어……"

그녀가 부드러운 목소리로 말했다.

"뜻밖의 사건이네! 너무 재밌어. 당황스럽고. 말해봐, 어서 말해봐."

그러고는 또다시 포옹하고 달래면서 아가뜨의 속내 이야기들을 이끌어냈고, 교묘한 방식으로 심중에 있는 어렴풋한 감정의 덩어리들을 밖으로 끌어냈다.

아가뜨는 눈물을 닦았고, 코를 풀었고, 진정되었고, 엘리자베뜨의 설득에 마음이 움직였다. 그녀는 자신의 심경을 토로했고, 스스로에게도 감히 하지 못했을 고백들을 엘리자베뜨에게 털어놓았다.

엘리자베뜨는 그 겸허하고 숭고한 사랑이 생생하게 표현되는 것에 귀를 기울였다. 뿔의 누이의 목과 어깨에 기댄 채 말을 하고 있는 이 사랑스러운 여자가 자신의 머릿결을 기계적으로 쓰다듬고 있는 손 너머로 그 냉혹한 심판자의 얼굴을 보았다면 아마 기겁했을 것이다.

엘리자베뜨가 침대를 떠났다. 그녀가 미소를 지었다.

"그래." 그녀가 말했다. "쉬어, 진정하고. 아주 간단한 일이야, 내가 가서 뿔의 생각을 들어볼게."

아가뜨가 겁에 질려 자리에서 일어났다.

"안돼, 안돼, 뿔은 아무것도 눈치채지 못하게 해야 해! 제발 그렇게 해줘! 리즈, 리즈, 그 아이한테 말하지 마……"

"얘, 나한테 맡겨. 너는 뿔을 사랑하잖아. 뿔도 너를 사랑한다면 더이상 바랄 게 없지. 안심해, 널 배신하지는 않을 테니까. 티 나지 않게 그애의 의중을 떠보면 난 알 수 있을 거야. 나를 믿고 잠이나 자렴. 꼼짝하지 말고 방에 있어."

엘리자베뜨가 층계를 내려갔다. 그녀는 타월 가운을 입고 넥타이로 허리를 묶고 있었다. 가운이 늘어져서 걸리적거렸다. 그러나 자기 귀에는 소음밖에 들리지 않는 어떤 기계장치에 실려 그녀는 기계적으로 층계를 내려갔다. 그 기계장치가 그녀를 조종했고, 그녀의 가운 자락이 쌘들에 밟히지 않게 해주었고, 그녀에게 왼쪽으로 오른쪽으로 가라고 지시했고, 그녀로 하여금 문들을 열고 닫게 했다. 그녀는 스스로가 몇가지 동작을 하도록 태엽을 감아놓은 자동인형처럼, 도중에 부서지지 않는 한 그 동작들을 완수해야 하는 자동인형처럼 느껴졌다. 심장은 방망이질했고, 귀에서는 요란한 이명이 들렸고, 그 활달한 걸음걸이에 어울리는 그 어떤 생각도 그녀는 하고 있지 않았다. 꿈속에서는 우리도 사념에 잠겨 다가오는 그런 무거운 발걸음 소리를 들을 수 있고, 나는 것보다 가벼운 동작으로 걸을 수 있고, 조각상의 무게와 수중 잠수부의 자유로움이 결합된 발걸음으로 걸을 수 있다.

타월 가운이 원시인들이 초자연적인 존재를 가리킬 때 사용하는 표지인 포말泡沫로 그녀의 발목을 둘러싸기라도 한 것처럼, 둔중하게, 가볍게, 나는 것처럼, 머릿속은 텅 빈 채, 엘리자베뜨는 복도를 따라갔다. 머릿속에는 희미한 소음이, 그리고 가슴 속에는 규칙적인 방망이질만이 들어차 있었다.

그때부터 그 젊은 아가씨는 멈출 수 없었을 것이다. 사업가를 사로잡은 정령이 파산을 막아줄 지시들을 내려주듯이, 뱃사람을 사로잡은 정령이 배를 구할 수 있는 행동들을 가르쳐주듯이, 범죄자를 사로잡은 정령이 알리바이가 될 말들을 일러주듯이, 방의 정령이 그녀를 차지하여 그녀의 대역이 되었다.

그렇게 달려서, 그녀는 황량한 방으로 연결되는 작은 층계 앞에 이르렀다. 제라르가 그 방에서 나왔다.

"너를 찾으러 갔었는데." 그가 말했다. "뽈이 이상해. 너를 불러달랬어. 아가뜨는 좀 어때?"

"두통이 있다고, 잠 좀 자게 해달라고 그러네."

"내가 아가뜨 방에 갔었는데……"

"그 방에 올라가지 마. 지금 쉬고 있어. 내 방으로 가. 내가 뽈을 볼 동안 내 방에 가서 기다려."

제라르가 순순히 복종하리라 믿으며 엘리자베뜨는 방으로 들어갔다. 잠시 예전의 엘리자베뜨가 되살아나서, 인공의 달빛과 인공의 눈이 만들어내는 초현실적인 효과, 어른거리는 리놀륨 바닥과 리놀륨에 반사되는 쓸모없는 가구들, 그리고 한복판에 있는 중국풍의 도시, 신성한 성곽, 방을 감시하는 높다란 간이 성벽을 지그시 바라보았다.

그녀는 그 모든 것을 에둘러 가서 판지 하나를 제쳤고, 상반신과 목덜미를 모포에 기댄 채 바닥에 앉아 있는 뽈을 발견했다. 그는 울고 있었다. 이제 그의 눈물은 깨어진 우정 때문에 흘리던 그 눈물이 아니었고, 아가뜨의 눈물과도 비슷하지 않았다. 그 눈물은 속눈썹 사이에서 형성되어 그렁그렁해지다가 넘쳐나 긴 간격을 두고 흘러내렸고, 구불구불 흐르다가 반쯤 벌어진 입께에서 멈추었다가 다른 눈물방울과 함께 다시 흘러내렸다.

뽈은 그 속달 우편이 엄청난 결과를 가져오리라고 기대했었다. 아가뜨가 편지를 못 받았을 리가 없었다. 그 헛발질, 이 기다림이 그를 진력나게 했다. 신중하자고, 침묵하자고 스스로에게 했던 다짐들이 날아가버렸다. 그는 무슨 일이 있어도 알고 싶었다. 불안한 마음을 감당할 수 없었다. 엘리자베뜨는 아가뜨의 방에서 오는 참이었다. 뽈이 그녀를 통해 슬쩍 탐문해보았다.

"무슨 속달 우편?"

평소의 기질대로라면 엘리자베뜨는 바로 언쟁을 시작했을 것이고, 뽈에게 욕설을 퍼부어 입을 다물게 만들거나 대꾸하게 하거나 좀더 크게 소리치게 만들어서, 이내 자기 기분을 풀었을 것이다. 그러나 신문관, 그것도 상냥한 신문관 앞에 서게 되자 뽈은 실토했다. 자신의 깨달음과 서투름, 자기가 쓴 편지에 대해 고백했고, 아가뜨가 자기를 거부하는지 아닌지 말해달라고 누이에게 애원했다.

그 잇단 폭탄들은 즉각적으로 자동인형의 행동지침을 바꾸어놓는 결과만 낳았다. 엘리자베뜨는 속달 우편 이야기에 너무 놀랐다. 아가뜨가 알고 있으면서도 나를 속인 건가? 아가뜨가 깜박하고 편지를 뜯어보지 않았다가, 필체를 알아보고 지금에서야 뜯어보고 있는 건가? 아가뜨가 이윽고 이곳에 모습을 나타낼 건가?

"잠깐만." 그녀가 말했다. "기다리고 있어, 너한테 중요하게 할 말이 있거든. 아가뜨는 나한테 속달 우편 이야기를 한 적이 없어. 편지는 어디로 날아가버리지 않아. 어딘가 있을 거야. 내가 올라갔다가 다시 올게."

그녀는 방에서 빠져나왔고, 아가뜨의 하소연을 떠올리면서 혹시 편지가 현관 입구에 놓여 있는 건 아닐까 생각했다. 아무도 외출한 적이 없었다. 제라르는 배달되는 편지를 확인하지 않았다. 편지를 현관에 두었다면 아직 거기 있기가 쉬웠다.

편지는 거기 있었다. 휘어지고 구겨져서 낙엽처럼 보이는 노란 봉투가 쟁반에 놓여 있었다.

그녀는 불을 켰다. 뽈의 필체, 공부 못하는 학생의 큼직한 글씨체였지만, 봉투에 쓰여 있는 것은 뽈 자신의 주소였다. 뽈이 뽈에게 편지를 보낸 것이다! 엘리자베뜨는 봉투를 찢었다.

그 집에 편지지라곤 없었다. 그래서 아무 종이에나 편지를 썼다. 그녀는 격자로 선이 그어진 종이, 아무 특징도 없는 그 편지지를 펼쳤다.

아가뜨, 화내지 마, 나 너를 사랑해. 내가 멍청했어. 난 네가 나한테 악의를 품고 있는 줄 알았어. 내가 널 사랑한다는 걸, 그리고 만약 네가 나를 사랑하지 않는다면 나는 죽고 말 거라는 걸 깨달았어. 제발 나한테 답장해줘. 나 괴로워. 난 꼼짝하지 않고 회랑에 있을 거야.

엘리자베뜨가 혀를 조금 내밀면서 어깨를 으쓱했다. 주소는 같았지만, 혼란스럽고 마음이 급했던 뽈이 봉투에 자기 이름을 썼던 것이다. 그녀는 평소 뽈의 행태를 알고 있었다. 아무도 그를 바꿔놓을 수 없을 것이다.

편지가 현관에서 허송세월하는 대신에 굴렁쇠처럼 뽈의 손으로 되돌아왔다 하더라도, 뽈은 편지가 되돌아온 것에 절망한 나머지 편지를 찢어버리고 모든 희망을 내던지지 않았을까. 그녀는 심심풀이 삼아, 뽈이 그런 유감스러운 결과를 겪지 않게 해주자고 마음먹었다.

그녀는 탈의실 화장실로 가서 편지를 찢어버리고, 모든 흔적을 없애버렸다.

불쌍한 뽈에게 다시 돌아온 그녀는 아가뜨의 방에서 오는 길이라고, 아가뜨는 자고 있다고, 그리고 편지는 서랍장 위에서 굴러다니고 있더라고 말했다. 노란 봉투 사이로 싸구려 종잇장이 보이더라고도 했다. 그녀는 뽈의 탁자 위에서 비슷한 봉투 묶음을 본 적이 있어서 그 봉투를 알아볼 수 있었다고 했다.

"아가뜨가 그 편지에 대해서는 아무 말도 없었어?"

"응. 내가 그 편지를 보았다는 것도 걔가 전혀 몰랐으면 좋겠어. 그리고 절대로 걔한테 아무것도 물어보면 안돼. 아마 우리더러 무슨 말을 하는 건지 모르겠다고 대꾸할 거야."

뽈은 그 편지가 어떨 결과를 가져올지 상상할 수 없었다. 다만 그의 욕망이 그를 성공에 대한 전망 쪽으로 기울게 했었다. 그는 이런 심연, 구덩이를 기대하지는 않았다. 그의 얼굴 오른쪽으로 눈물이 흘러내렸다. 엘리자베뜨는 뽈을 위로했고, 사랑스러운 아가뜨가 자기한테 제라르에 대한 사랑을 고백한 장면을 자세하게 이야기했으며, 제라르의 사랑과 두 사람의 결혼 계획도 이야기했다.

"이상하네." 엘리자베뜨가 힘주어 말했다. "제라르가 왜 너한테 그 얘기를 안했을까. 나야 걔를 주눅 들게 하고, 꼼짝 못하게 만드니까 그렇지만, 너는 전혀 다르잖아. 네가 자기들을 놀릴 거라고 생각했나보다."

뽈은 입을 다물었고, 믿기 어려운 그 새로운 사실이 주는 쓰라린 고통을 감내했다. 엘리자베뜨가 자신의 주장을 펼쳤다. 뽈, 너는 제정신이 아니다! 아가뜨는 사랑스럽고 단순한 여자고, 제라르는 선량한 남자다. 그 둘은 서로에게 딱 맞는다. 제라르의 아저씨는 늙었다. 제라르는 부자가 되어 독립할 것이고, 아가뜨와 결혼하여 평범한 가정을 이룰 것이다. 두 사람의 행운 앞에는 아무런 장애도 없다. 그들을 가로막는 것, 비극을 초래하는 것, 아가뜨를 혼란스럽게 만드는 것, 제라르를 절망하게 만드는 것, 두 사람의 장래를 망치는 것은 잔인하고 범죄적인, 그렇다, 범죄적인 일이다. 뽈, 너는 그러지 못할 것이다. 너의 행동은 일시적 기분에 따른 것이다. 잘 생각해보면, 일시적 기분으로 두 사람이 서로 주고받는 사랑을 이길 수는 없다는 걸 깨닫게 될 것이다.

그녀는 한시간에 걸쳐 말을 하고 또 말을 했고, 어느 쪽이 올바른 선택인지 역설했다. 그녀는 흥분했고, 자신의 변론에 열중했다. 그녀는 흐느껴 울었다. 뽈은 고개를 떨어뜨린 채, 그녀의 말에 수긍했고, 그녀의 손아귀에 자기를 내맡겨버렸다. 그는 입을 다물겠다고, 두 사람이 결혼 소식을 알려올 때 좋은 얼굴로 대하겠다고 약속했다. 편지에 대한 아가뜨의 침묵이 그 편지를 잊어버리겠다는 아가뜨의 결심, 그 편지를 일시적 기분에서 비롯된 것으로 간주하겠다는, 마음에 깊이 두지 않겠다는 결심을 증명하고 있었다. 그러나 어쨌든 그 편지 때문에 어떤 거북함이 남을 수 있고, 제라르가 그 거북함을 눈치채게 되면 몹시 놀랄 거라고 엘리자베뜨가 말했다. 약혼이 이 모든 것을 해결해줄 거라고, 약혼이 두 사람의 주의를 딴 데로 돌려놓을 거라고, 그다음에는 신혼여행이 그 거북함을 결정적으로 씻어내줄 거라고 말했다.

엘리자베뜨는 뽈의 눈물을 닦아주었고, 그를 껴안아주었고, 그가 누운 자리를 매만져준 뒤에 방에서 나갔다. 그녀는 자신의 임무를 계속 이행해야 했다. 그녀는 살인자들은 항상 연이어 가격한다는 것, 중간에 한숨을 돌리면 안된다는 것을 본능적으로 알고 있었다. 그녀는 밤거미처럼 자신의 여정을 이어갔고, 거미줄을 쳤고, 무겁게, 날렵하게, 지치지 않고, 밤의 모든 방향으로 촘촘하게 올가미를 쳤다.

그녀는 자기 방에서 제라르를 발견했다. 그는 초조하게 그녀를 기다리고 있었다.

"어떻게 됐어?" 그가 큰 목소리로 물었다.

엘리자베뜨는 냉담한 반응을 보였다.

"그 소리치는 버릇은 절대 못 고치겠구나. 넌 입만 열었다 하면 큰 소리야. 그래, 뽈이 아파. 걔는 너무 멍청해서 혼자서는 자기가 아프다는 것도 몰라. 그애의 눈과 혀만 봐도 알 수 있어. 열이 있어. 의사가 보면 재발인지 감기인지 알 수 있겠지. 나는 나대로, 걔더러 침대에 누워 있으라고, 널 만나지 말라고 처방해뒀어. 넌 걔 방에 가서 자고……"

"아니, 난 갈 거야."

"기다려. 너한테 할 말이 있어."

엘리자베뜨의 목소리는 심각했다. 그녀는 제라르를 자리에 앉게 했고, 이리저리 왔다 갔다 하더니 아가뜨와 어떻게 할 생각이냐고 물었다.

"왜, 뭘 해야 해?" 그가 반문했다.

"왜냐니?" 그녀는 딱딱하고 강압적인 목소리로, 자기를 놀리는 거냐고, 아가뜨가 너를 사랑하는 걸 모르느냐고, 아가뜨가 너의 청혼을 기대하면서 너의 침묵을 도무지 납득하지 못하고 있다는 걸 모르느냐고 물었다.

제라르가 멍한 눈길로 쳐다보았다. 그의 두 팔이 축 늘어졌다.

"아가뜨……" 그가 우물우물 말했다. "아가뜨가……"

"그래, 아가뜨." 엘리자베뜨가 거칠게 쏘아붙였다.

요컨대 제라르가 너무 눈멀어 있었다고 엘리자베뜨는 말했다. 아가뜨와 그가 함께 외출했을 때 눈치챘어야 했다는 것이다. 그리고 엘리자베뜨는 아가뜨의 신뢰를 야금야금 사랑으로 변형시켰고, 날짜들을 끌어들이고 숱한 증거들을 동원하여 제라르를 뒤흔들어놓았다. 그러고는 아가뜨가 괴로워하고 있다고, 아가뜨는 네가 나를 좋아하는 줄 알고 있다고, 그런데 네가 나를 좋아한다는 건 우스꽝스러울 뿐 아니라 애시당초 나의 많은 재산 때문에 이루어질 수 없는 일이라고 덧붙였다.

제라르는 무대에서 퇴장해버리고 싶었다. 그 질책의 통속성이 금전적인 문제에 무관심한 엘리자베뜨의 방식과 너무 달라서, 그는 감당키 어려운 혼란을 느꼈다. 그녀는 그 혼란을 틈타 그를 완전히 구석으로 몰아붙였고, 머리통을 몇차례 갈겨서 얼을 빼놓았고, 이제 더이상 애잔한 눈길로 자기를 쳐다보지 말라고, 아가뜨와 결혼하라고, 자기가 조정자 역할을 했다는 사실을 절대로 발설하지 말라고 을러댔다. 자기는 오로지 제라르가 눈멀어 있었기 때문에 이런 역할을 떠맡았을 뿐, 온 세상을 다 준다고 해도 아가뜨가 자신의 행복을 자기한테 빚졌다고 생각하는 것은 용납할 수 없다는 것이었다.

"자, 이만하면 됐어." 그녀가 말을 끝냈다. "너는 자. 나는 아가뜨한테 가서 이 소식을 전할게. 너는 아가뜨를 사랑하는 거야. 넌 과대망상에 빠져 있었어. 이제 정신 차려. 자축하고 기뻐해. 키스해줘, 그리고 네가 세상에서 제일 행복한 남자라는 걸 인정해."

제라르는 넋이 나간 채, 강제로 떠밀려서 엘리자베뜨가 시키는 대로 말했다. 그녀는 그를 방에 가두어버렸고, 계속 거미줄을 뽑아내면서 아가뜨의 방으로 올라갔다.

살인의 희생자들 중에서 어린 아가씨가 제일 강하게 저항하는 경우가 있다.

아가뜨는 공격을 받고 비틀거렸지만, 굴복하지 않았다. 엘리자베뜨는 뿔은 사랑을 할 수 없다고, 그는 아무도 사랑하지 않기 때문에 아가뜨도 사랑하지 않는다고, 그는 자기 자신을 망가뜨리고 있다고, 뿔이라는 이기적인 괴물은 순진한 여자의 파멸을 초래할 뿐이라고, 또 제라르는 탁월하고 정직하고 사랑에 불타는 영혼을 지닌 사람이며 장래를 보장해줄 수 있는 사람이라고 아가뜨에게

설명했다. 그렇게 격렬한 전투가 끝나자 아가뜨는 완전히 녹초가
되었고, 매달리듯 더 힘주어 자신의 꿈을 끌어안았다. 엘리자베뜨
는 아가뜨가 침대 시트 밖으로 축 늘어진 모습을 바라보았다. 머리
가 뒤로 젖혀진 채 귀밑머리는 얼굴에 들러붙었고, 한 손으로는 아
픈 가슴을 감싸고 있었고, 다른 한 손은 조약돌처럼 바닥에 널브러
져 있었다.

그녀는 아가뜨를 일으켜세워 얼굴에 분을 발라주며, 뽈이 아가
뜨의 고백을 전혀 눈치채지 못하고 있다고, 아가뜨가 밝은 얼굴로
제라르와의 결혼 소식을 알려주기만 하면 뽈은 전혀 아무것도 짐
작하지 못할 거라고 단언했다.

"고마워⋯⋯ 고마워⋯⋯ 넌 좋은 친구야⋯⋯" 불쌍한 아가뜨가
딸꾹질을 하며 말했다.

"고마워할 것 없으니, 잠이나 자." 엘리자베뜨가 말했다. 그리고
그녀는 방에서 나갔다.

그녀는 잠시 멈추어 섰다. 그녀는 자기 자신이 냉정하고 비인간
적으로 느껴졌고, 무거운 짐을 내려놓은 것처럼 홀가분한 느낌이
들었다. 층계 아래쪽에 이르렀을 때, 그녀의 심장이 다시 뛰기 시
작했다. 무슨 소리가 들렸다. 그리고 발걸음을 다시 옮기려는 순간,
그녀는 뽈이 다가오는 것을 보았다.

그녀의 기다란 흰색 드레스가 어둠을 밝혀주었다. 이내 엘리자
베뜨는 그가 몽마르트르 가에서 안 좋은 일이 있을 때마다 일으키
곤 했던 짧은 몽유병 발작에 사로잡혔다는 것을 알 수 있었다. 그

녀는 혹시라도 뽈이 깨어나서 아가뜨에 대해 물어볼까봐 두려웠고, 한쪽 발을 들어올린 채 난간에 기대어 꼼짝도 하지 못했다. 그러나 그는 그녀를 보지 못했다. 그의 시선은 그 유령 같은 여인에게도 램프 위에도 머물지 않았다. 그의 시선은 층계를 향해 있었다. 엘리자베뜨는 나무꾼의 도끼질처럼 쿵쾅대는 자신의 심장박동 소리가 그에게 들릴까봐 조마조마했다.

뽈은 잠시 멈추어 섰다가, 오던 길로 되돌아갔다. 그녀는 저린 한쪽 발을 바닥에 내려놓았고, 뽈이 고요 속으로 멀어지는 소리에 귀를 기울였다. 그러고는 자기 방으로 돌아갔다.

옆방에서는 아무 소리도 나지 않았다. 제라르가 잠이 들었나? 그녀는 화장대 앞에 섰다. 거울이 그녀의 마음을 불편하게 했다. 그녀는 시선을 내리깔았고, 자신의 소름 끼치는 두 손을 씻었다.

14

제라르의 아저씨가 자신의 병이 위중하다고 느끼는 바람에 약혼과 결혼은 서둘러 치러졌고, 그럭저럭 만들어진 좋은 분위기 속에서 누가 더 너그러운가 경쟁이라도 하듯 모두 자신의 역할을 했다. 가까운 사람들만 참석한 결혼식은 견디기 힘들 정도로 무거운 침묵 속에 진행되었고, 너무 밝은 뽈, 제라르, 아가뜨의 모습이 엘리자베뜨를 괴롭혔다. 자신의 능란한 수완이 그들을 재앙에서 구해냈다고, 자기 덕분에 이제 아가뜨는 무절제한 뽈에게 희생당하지 않게 되었고 뽈도 아가뜨의 열등함 때문에 피해를 보지 않게 되었다고 생각해봐야 소용이 없었다. 또 제라르와 아가뜨가 서로 수준이 맞는다고, 그들은 우리를 통해 서로를 찾고 있었다고, 1년 뒤면 그들에게는 아이가 생길 것이고 자신들의 처지에 진심으로 감사하게 될 거라고 거듭 되뇌어보아도 소용없었다. 그리고 어지러운 잠에서 깨어났을 때처럼 그 밤의 야만적인 행동들을 잊으려고, 그 행동들을 수호 여신의 지혜가 발휘된 것으로 간주하려고 애써보았지만, 소용없었다. 그 불행한 친구들 앞에서 그녀는 여전히 불안했고, 자기가 그 세 사람을 같은 편으로 만들고 있다는 두려움을 느꼈다.

그녀는 그들 각자에 대해서는 믿음을 가지고 있었다. 그들은 신중하기 때문에, 자기가 좋지 않게 생각하거나 악의에서 비롯된 것으로 간주할 수도 있는 일들에 대해 서로 의견을 교환하는 일 따위는 없을 거라고 그녀는 생각했다. 어떤 악의? 무엇을 위한 악의? 어떤 동기에서 비롯된 악의? 그렇게 자문해보았지만 아무런 해답도 찾을 수 없자 엘리자베뜨는 마음이 놓였다. 그녀는 그 불쌍한 친구들을 사랑했다. 그녀가 그들을 자신의 희생자로 만든 것도 호의와 사랑 때문이었다. 그녀는 그들을 보살폈고, 도와주었고, 장차 그들에게도 증명될 골치 아픈 상황으로부터 본인들의 의사와는 관계없이 그들을 빠져나오게 해주었다. 그 힘든 일을 해내느라 그녀는 상당한 심적 고통을 댓가로 치렀다. 그래야만 했다. 그럴 수밖에 없었다.

'그럴 수밖에 없었어.' 마치 위험한 외과 수술 이야기라도 하듯, 엘리자베뜨는 그렇게 마음속으로 되뇌었다. 그녀의 칼이 수술용 메스가 되었다. 그날밤 당장 결정을 내려, 마취와 수술을 감행해야 했던 것이다. 그녀가 보기에 결과는 만족스러웠다. 그러나 아가뜨의 웃음소리 때문에 그런 몽상에서 떨어져나왔을 때 그녀는 현실의 식탁 앞에 다시 앉아 있었고, 아가뜨의 그 억지웃음이 들렸고, 뽈의 나쁜 안색과 제라르의 귀엽게 찌푸린 얼굴 표정이 보였고, 의혹과 불안이 다시 찾아왔다. 그녀는 그날밤의 환영들, 고통스럽게 짓눌러오는 그 세세한 장면들, 그날밤의 공포를 쫓아버리려고 애썼다.

신혼여행이 남매 둘만 남겨놓았다. 뽈은 쇠약해져갔다. 엘리자베뜨가 뽈의 성곽에 같이 머물면서, 밤낮으로 그를 지키고 보살폈다. 의사는 병의 재발을 이해할 수 없었고, 그런 증상을 본 적도 없었다. 칸막이 방을 본 의사는 아연실색했다. 그는 좀더 안락한 방으로 뽈을 옮겼으면 하는 것 같았다. 뽈이 반대했다. 그는 엉망이 된 세탁물들로 몸을 감싸고 살았다. 붉은색 무명 천 사이로 은은하게 비치는 불빛 아래, 엘리자베뜨는 양손으로 볼을 감싼 채, 멍한 시선으로 온통 암울한 걱정에 사로잡혀 앉아 있었다. 붉은색 무명 천이 환자의 얼굴을 붉게 물들이면서, 소방차의 어른거리는 불빛이 제라르에게 그랬던 것처럼 엘리자베뜨에게도 착각을 불러일으켰고, 이제는 오직 거짓으로만 살아가는 그녀를 안심시켜주었다.

아저씨의 죽음이 제라르와 아가뜨를 돌아오게 했다. 자기 집의 한층을 내어줄 테니 들어오라는 엘리자베뜨의 간곡한 청에도 불구하고, 그들은 라피뜨 가에 거처를 정했다. 그래서 그녀는 그들 부부가 서로 마음이 잘 맞는다고, 둘이 평범한 행복(그들에게 어울리는 유일한 행복)을 만들어가고 있다고, 이제 저들은 자기가 사는 저택의 무질서한 분위기를 두려워하는 거라고 짐작했다. 뽈은 그들이 그녀의 제안을 받아들일까봐 두려웠다. 엘리자베뜨가 그들의 결정을 알려주었을 때, 그는 안도의 한숨을 내쉬었다.

"걔들은 우리 생활 방식이 자기네 삶을 망가뜨릴 수도 있다고 생각해. 제라르는 대놓고 그렇게 말했어. 우리가 아가뜨한테 본보기가 될까봐 걱정하는 거야. 정말이야, 내가 지어내서 하는 말이 아니야. 제라르는 자기 아저씨처럼 돼버렸어. 그애 말을 듣다가 나는 어안이 벙벙해졌다니까. 쟤가 연기를 하는 건가, 자기가 얼마나 우스꽝스러운지 알기는 할까, 하는 생각까지 들었어."

이따금 부부가 에뚜알 광장의 저택에서 와서 점심이나 저녁을 먹을 때가 있었다. 뽈은 자리에서 일어나 식당으로 올라갔고, 그때마다 어색한 분위기가 되풀이되었고, 그 광경을 바라보는 마리뜨의 눈길은 다가올 불행에 대한 예감으로 우울했다.

15

어느날 아침, 모두가 식탁에 가서 앉았다.

"내가 누굴 만났는지 맞춰볼래?'

제라르가 뽈에게 장난스럽게 묻자, 뽈은 심드렁하니 반문하는 표정을 지었다.

"다르즐로!"

"설마?"

"맞아, 다르즐로를 만났다니까."

제라르는 길을 건너고 있었다. 다르즐로가 작은 차를 운전하고 가다가 하마터면 제라르를 칠 뻔했다. 그가 차를 멈췄다. 그는 이미 제라르의 유산상속에 대해 알고 있었고, 제라르가 삼촌의 공장들을 경영한다는 것도 알고 있었다. 그가 공장 한곳에 와보고 싶어했다. 그는 절대로 기회를 놓치지 않는 사람이었다.

뽈은 그가 변했느냐고 물었다.

"비슷해, 좀더 창백해졌지만…… 아가뜨의 남동생이래도 믿겠어. 그리고 이제는 거만하게 굴지 않아. 아주, 아주 상냥했어. 인도차이나하고 프랑스를 왔다 갔다 하고 있더군. 어느 자동차 회사 대리인이야." 그가 제라르를 자기 호텔 방으로 데려갔고, 요즘도 그 눈덩이를 만나는지 물었다고 했다…… 요컨대, 그 눈덩이 녀석이란…… 뽈을 의미했다.

"그래서?"

"너를 만난다고 대답했지. 그 친구가 묻더군. '걔는 여전히 독약을 좋아하나?'"

"독약?"

아가뜨가 깜짝 놀라 어리둥절한 표정을 지었다.

"물론이지." 뽈이 공격적으로, 큰 목소리로 말했다. "독약은 정말 멋져. 학교 다닐 때, 난 독약을 갖는 것이 소원이었어." (이렇게 말하는 것이 더 정확했을 것이다. '다르즐로가 독약을 동경했고, 나는 다르즐로를 따라 했다.')

독약으로 뭘 하려고 했느냐고 아가뜨가 물었다.

"그냥." 뽈이 대꾸했다. "그냥 가지려고, 그냥 독약이 갖고 싶어서. 독약은 정말 멋져! 나는 독약을 갖고 싶고, 바실리스크,[17] 만드라고라[18] 뿌리도 갖고 싶어, 나한테 권총이 있는 것처럼. 바로 여기,

바로 여기 눈앞에 그게 있다고 생각해봐. 봤더니, 독약이야. 얼마나 멋지겠어!"

엘리자베뜨가 동의했다. 그녀는 아가뜨에게 맞서서, 그리고 방의 정신에 따라 뽈의 말에 동의했다. 그녀는 독약을 아주 좋아했다. 몽마르트르 가에 살 때, 그녀는 가짜 독약을 제조하고, 약병들을 숨기고, 죽음의 상표를 수집하고, 음산한 이름들을 지어내기도 했다.

"너무 끔찍해! 제라르, 얘들 미쳤나봐! 너희들, 결국 끔찍한 범죄자가 되고 말거야."

아가뜨의 그런 소시민적 반감이 엘리자베뜨를 몹시 기쁘게 했고, 엘리자베뜨가 지레 짐작했던 그 어린 부부의 태도를 여실히 보여주었고, 결과적으로 부부의 그런 태도를 상상했던 엘리자베뜨의 무례를 상쇄해주었다. 그녀가 뽈을 향해 눈을 찡긋했다.

"다르즐로가 말이야," 제라르가 다시 말했다. "나한테 중국산, 인도산, 서인도제도산, 멕시코산 독약 여러가지를 꺼내 보여주었고, 화살용 독약, 고문용 독약, 복수용 독약, 희생 제의용 독약도 보여주었어. 그 친구가 웃으면서 말했지. '눈덩이한테 가서 말해, 난 중학생 때하고 전혀 달라진 게 없다고. 그때도 난 독약들을 수집하고 싶었고, 지금도 수집하고 있어. 자, 이 장난감을 그 친구한테 전해줘.'"

----

17 맹독이 있고 흘끗 보기만 해도 사람을 죽게 만든다는 그리스 신화 속 뱀.
18 '맨드레이크'라고도 한다. 사람의 형상을 닮은 약용 식물로, 예전에는 마법의 힘이 있다고 여겨져서 그 뿌리를 호신부로 사용했다.

제라르가 자기 주머니에서 신문지에 싼 작은 봉지 하나를 꺼냈다. 뽈과 엘리자베뜨는 조바심이 나서 안절부절못했다. 아가뜨는 그 판에 전혀 끼어들지 않았다.

그들이 신문지를 펼쳤다. 신문지 안에는 주먹 크기만 한 거무튀튀한 색깔의 덩어리 하나가 솜처럼 찢어지는 한지에 싸인 채 들어 있었다. 칼로 벤 듯한 자국을 통해 윤기 나는 불그스름한 속살이 드러났다. 나머지 부분은 송로처럼 흙빛이었는데, 신선한 흙덩어리 냄새가 나기도 했고, 진한 양파 냄새나 제라늄유 냄새를 풍기기도 했다.

모두가 입을 다물었다. 그 덩어리가 모두를 침묵하게 만들었다. 똬리를 튼 뱀이 한마리인 줄 알았는데 머리를 여러개 발견했을 때처럼, 그 덩어리는 매혹과 혐오를 동시에 불러일으켰다. 그 덩어리에서는 죽음의 위엄이 발산되고 있었다.

"이건 마약이야." 뽈이 말했다. "그애는 마약을 하는 거야. 독약을 줄 리가 없지."

그가 손을 뻗었다.

"건드리지 마!" 제라르가 그를 제지했다. "독약이든 마약이든, 다르즐로가 이걸 너한테 선물하는 건 맞지만 절대로 손은 대지 말라고 그랬어. 게다가 넌 너무 무모해. 난 무슨 일이 있어도 이 더러운 물건을 네 손에 넘겨주지 않을 거야."

뽈이 화를 냈다. 그가 엘리자베뜨의 주제 선율을 따라했다. 제라르는 우스꽝스럽다는 둥, 자기 아저씨라도 된 것처럼 군다는 둥……

"무모하다고?" 엘리자베뜨가 냉소적으로 이죽거렸다. "어디 볼
래?"

그녀가 신문지에 싸인 덩어리를 움켜쥐더니, 자기 동생을 쫓아
테이블 주위를 돌기 시작했다. 그녀가 소리쳤다.

"먹어, 먹어."

아가뜨는 도망쳤고, 뽈은 펄쩍 뛰어 일어나 두 손으로 얼굴을 가
렸다.

"봐, 얼마나 무모한지! 얼마나 용감한지." 엘리자베뜨가 씩씩거
리며 빈정댔다.

뽈이 대꾸했다.

"멍청이, 너나 먹어."

"고마워. 그럼 난 죽겠지. 넌 너무 행복할 거고. 우리 둘의 독약을
보물 창고에 넣을게."

"냄새가 진동하잖아." 제라르가 말했다. "철제 상자 안에 넣어버
려."

엘리자베뜨가 덩어리를 신문지에 다시 싸서 낡은 비스킷 상자
에 넣은 다음, 손에 들고 사라졌다. 보물 창고가 있는 서랍장 위에
는 권총, 수염 달린 흉상, 책들이 아무렇게나 놓여 있었고, 그곳에
다다른 엘리자베뜨는 서랍장을 열고 비스킷 상자를 다르즐로의 사
진 위에 내려놓았다. 천천히, 조심스럽게, 혀를 조금 내밀고, 밀랍
인형에 바늘을 꽂아 저주의 주술을 거는 여인의 자세로, 그녀는 상

자를 내려놓았다.

뽈은 학교 다니던 시절의 자기 모습, 다르즐로를 흉내 내고, 입만 열었다 하면 야만인과 독화살에 대해서 말하고, 다르즐로의 마음을 끌려고 우표 뒷면에 하나같이 독을 발라서 사람들을 학살하는 계획을 세우고, 독이 사람을 죽게 한다는 사실에 대해 한번도 깊이 생각해본 적이 없으면서 그저 괴물 같은 녀석 하나의 환심을 사려고 애쓰던 자기 모습이 다시 생각났다. 다르즐로는 어깨를 으쓱하며 돌아서버렸고, 뽈을 아무것도 할 수 없는 유약한 계집애로 취급했다.

다르즐로는 자기 말이라면 신주 단지 모시듯 하던 그 노예를 기억하고 있었고, 이제 그 노예에 대한 조롱의 마지막 정점을 찍는 중이었다.

독덩어리의 존재가 남매를 몹시 흥분시켰다. 방은 은밀하고 신비로운 힘으로 넘쳐났다. 독덩어리는 선상 반란의 시한폭탄, 사랑과 분노로 들끓는 불꽃같은 가슴을 지녔던 러시아 청년들의 폭탄 같은 것이 되었다.[19]

게다가 뽈은 드러내놓고 괴짜 행세를 하면서 보란 듯이 아가뜨를 무시하는 것이 기분 좋았고, 제라르는 (엘리자베뜨의 말에 따르면) 그런 상황으로부터 아가뜨를 빼내고 싶어했다.

....
19 1917년 러시아혁명에 뛰어든 젊은이들을 연상시키는 비유.

엘리자베뜨는 엘리자베뜨대로 기발함과 위험을 기꺼이 받아들이는 예전의 뽈, 보물에 대한 감각을 잃지 않은 뽈을 보고 기뻤다.

그녀에게 그 독덩어리는 시시하고 보잘것없는 분위기를 상쇄해주는 균형추 같은 것이었고, 그것 덕분에 그녀는 아가뜨가 지배하는 세계가 점진적으로 몰락하리라 기대할 수 있었다.

그러나 주물呪物 하나로는 뽈을 치유하기에 턱없이 부족했다. 그는 쇠약해졌고, 여위었고, 식욕을 잃었고, 나른한 무기력 상태에서 헤어나지 못했다.

16

저택에서는 일요일에 온 집안사람을 휴가 보내는 앵글로색슨의 관습이 지켜져왔다. 마리에뜨는 언제나처럼 보온병과 쌘드위치를 준비해두고 동료와 함께 외출했다. 운전기사는 여자들이 청소하는 것을 도와준 다음, 자동차 한대를 몰고 나가서 길에서 만나는 사람들을 손님으로 태웠다.

그 일요일에는 눈이 왔다. 의사의 지시에 따라 엘리자베뜨는 자기 방에서 커튼을 내린 채 쉬고 있었다. 5시였고, 뽈은 한낮부터 비몽사몽 졸고 있었다. 그는 누이더러 혼자 있게 해달라고, 그녀의 방으로 올라가라고, 의사 말대로 해달라고 간청했다. 엘리자베뜨는 잠을 자다가 이런 꿈을 꾸었다. 뽈이 죽었다. 그녀는 회랑식 방을 닮은 숲을 지나가고 있었다. 나무들 사이로, 어둠 사이사이에 나 있는 높다란 창문들로부터 빛이 내리비치고 있다는 점이 회랑식 방과 비슷했다. 숲 속 공터에 놓여 있는 당구대, 의자들, 탁자들이 보였고, 그녀는 이런 생각을 했다. '나는 저 구릉까지 가야 해.' 꿈에서 구릉은 당구대의 이름이었다. 그녀는 걷고 파닥파닥 날기도 했지만, 그곳에 이를 수 없었다. 그녀는 지쳐서 누웠고, 잠이 들었다. 문득 뽈이 그녀를 깨웠다.

"뽈!" 그녀가 외쳤다. "아, 뽈, 그러니까 너, 죽은 게 아니니?"

그러자 뽈이 대답했다.

"응, 죽었어. 그런데 방금 전에 너도 죽은 거야. 그래서 네가 나를 볼 수 있는 거고, 우리는 영원히 함께 살 거야."

그들은 다시 출발했다. 오래 걸은 뒤에 그들은 구릉에 이르렀다.

"들어봐." 뽈이 당구대의 자동 득점기록기에 손을 얹으며 말했다. 이별의 벨 소리를 들어봐. 득점기록기가 전속력으로 점수를 나타내면서, 탁탁거리는 텔레타이프 소리가 공터를 가득 채웠다…….

엘리자베뜨는 땀에 흠뻑 젖은 채 얼이 빠져서, 침대 위에 앉아 있는 자기 자신을 발견했다. 초인종 소리가 요란하게 울리고 있었다. 그녀는 저택에 하인들이 없다는 것을 떠올렸다. 여전히 악몽에서 벗어나지 못한 상태에서 그녀는 여러층을 내려갔다. 눈보라가 섞인 사나운 바람과 함께, 머리가 헝클어진 아가뜨가 현관으로 뛰어 들어오더니 외쳤다.

"뽈은?"

엘리자베뜨는 정신을 차렸고, 꿈에서 떨어져나왔다.

"뽈이 뭐?" 그녀가 물었다. "무슨 일이야? 혼자 있고 싶댔어. 항상 그렇듯이, 아마 자고 있겠지."

"빨리, 빨리!" 숨이 차서 헐떡거리며 아가뜨가 말했다. "뽈이 독을 먹었다고 나한테 편지를 썼어. 내가 오더라도 이미 늦었을 거라고, 너는 자기 방에서 멀리 떨어져 있게 할 거라고."

마리에뜨가 제라르의 집에 편지를 전한 것은 4시였다.

넋이 나간 채, 자기가 아직도 잠을 자고 있는 건 아닌지, 계속해서 꿈을 꾸고 있는 건 아닌지 자문하고 있는 엘리자베뜨를 아가뜨가 떠밀었다. 마침내 두 여자는 뛰기 시작했다.

흰 나무들과 휘몰아치는 바람이 회랑식 방에서 엘리자베뜨의 꿈을 계속 이어가고 있었고, 저 안쪽에는 당구대가 여전히 **구릉**으로, 현실도 악몽으로부터 끌어내지 못하는 지진의 흔적으로 남아 있었다.

"뽈, 뽈! 대답해봐! 뽈!"

미광으로 빛나는 성곽은 말이 없었다. 성곽에서 악취가 스며 나왔다. 방에 들어서자마자, 그들은 재앙이 일어났다는 것을 깨달았다. 두 여자가 잘 알고 있는 음산한 향내, 그 불길한 향내, 송로와 양파와 제라늄의 불그스름한 향내가 방을 가득 채우고, 회랑으로 퍼져나갔다. 뽈은 누이의 것과 똑같은 타월 가운 차림에, 눈동자는 풀리고 얼굴은 알아보기 힘든 상태로 자리에 누워 있었다. 위에서 비추는 눈빛의 조명이 휘몰아치는 바람에 따라 강해졌다 약해졌다

하면서 푸르스름한 얼굴 위에 드리워진 암영의 위치를 바꾸어놓았고, 빛줄기는 코와 광대뼈에만 간신히 걸쳐져 있었다.

의자 위에는 남은 독덩어리, 물병 하나, 다르즐로의 사진이 마구 뒤섞인 채 놓여 있었다.

실제 비극의 무대 연출은 우리가 상상하는 것과는 전혀 비슷하지 않다. 그 단순함, 그 장엄함, 그 이상야릇한 세부 사항들은 우리를 어리둥절하게 만든다. 두 젊은 여자도 우선은 망연자실했다. 그 터무니없는 일을 인정하고 받아들여야 했고, 그 미지의 낯선 뽈이 뽈이라는 것을 확인해야 했다.

아가뜨가 달려가서 무릎을 꿇고, 그가 숨을 쉬는지 확인했다. 그녀는 어렴풋한 희망을 보았다.

"리즈," 그녀가 애원하듯 말했다. "그렇게 서 있지 말고, 빨리 가서 옷 갈아입어. 그 고약한 물건이 별로 해롭지 않은 마약일 수도 있어. 보온병 찾아오고, 빨리 가서 의사 불러."

"의사는 사냥하러 갔는데……" 불쌍한 엘리자베뜨가 더듬거렸다. "일요일이잖아, 집에 아무도 없어…… 아무도."

"보온병을 가져와, 어서! 빨리! 숨은 쉬는데, 얼음처럼 싸늘해. 발을 덥힐 탕파가 필요하고, 뜨거운 커피를 마시게 해야 해!"

엘리자베뜨는 아가뜨의 침착한 태도에 놀랐다. 저 친구는 어떻게 뽈을 만져보고, 말을 하고, 분주하게 움직일 수 있을까? 저 친구는 어떻게 눈(雪)과 죽음의 숙명에 분별력으로 맞설 수 있을까?

갑자기 엘리자베뜨가 소스라치듯 온몸을 떨었다. 보온병들은 그녀의 방에 있었다.

"뿔을 덮어줘!" 성곽의 다른 쪽 끝에 이른 그녀가 소리쳤다.

뿔은 숨을 쉬고 있었다. 네시간에 걸친 징후들, 이 독이 마약인 가, 다량으로 복용하면 이 마약으로 죽을 수도 있는가 자문하게 만든 여러가지 징후를 겪은 뒤에, 그는 마침내 불안하고 초조한 단계를 넘어섰다. 더이상 팔다리가 존재하지 않는 것 같았다. 붕 뜬 느낌이었고, 예전에 경험했던 그 안락한 행복과 비슷한 감정을 다시 느꼈다. 그러나 속이 타들어가고 침이 바싹 말라서 목구멍과 혀가 깔깔해졌고, 아직 감각이 남아 있는 부위의 살갗에서는 견딜 수 없을 정도로 거친 느낌이 났다. 그는 물을 마시려고 해보았다. 동작이 엇나가서 물병이 놓여 있는 의자 대신에 엉뚱한 곳을 더듬었고, 이내 팔다리가 마비되어 그는 더이상 움직이지 못했다.

눈을 감을 때마다 그는 똑같은 광경을 보았다. 거세 안한 숫양의 큰 대가리와 여자처럼 긴 그 잿빛 머리 타래가 보였고, 뻣뻣한 자세로 손에 무기를 들고 두 발은 끈으로 나뭇가지에 묶인 채, 그 나뭇가지 주위를 천천히 그리고 점점 더 빠른 속도로 돌고 있는, 눈알이 후벼 파인, 죽은 병사들이 보였다. 그의 심장박동이 침대의 용수철에 전해져서 용수철이 음악 소리를 냈다. 그의 두 팔이 나뭇가지가 되었다. 그래서 나뭇가지의 껍질은 굵은 혈관으로 덮여 있었고, 병사들은 그 나뭇가지 주위를 돌았고, 그렇게 똑같은 광경이 다시 되풀이되었다.

가사 상태의 무감각이 제라르가 그를 몽마르트르 가로 데려가던 날의 그 아련한 눈, 자동차, 게임을 기억 속에 되살아나게 했다. 아가뜨가 흐느껴 울고 있었다.

"뽈, 뽈, 나 좀 봐, 말 좀 해봐……"

시큼한 맛이 그의 입안을 온통 뒤덮었다.

"마실 것……" 그가 간신히 말했다.

그의 입술이 서로 달라붙었다가 떨어지며 쩝 소리를 냈다.

"조금만 기다려…… 엘리자베뜨가 보온병을 가져올 거야. 지금 탕파를 데우고 있어."

그가 다시 말했다.

"마실 것……"

그는 물을 원했다. 아가뜨가 그의 입술을 물로 축여주었다. 그녀는 말해달라고, 그의 터무니없는 행동과 그 편지에 대해 설명해달라고, 가방에서 편지를 꺼내어 내밀며 그에게 애원했다.

"네 잘못이야, 아가뜨……"

"내 잘못이라고?"

그러자 뽈이 속삭이듯이, 한 음절 한 음절 끊어가며 자기 생각을 말했고, 모든 진실을 풀어놓았다. 아가뜨는 그의 말을 가로막거나, 절규하거나, 스스로를 변호했다. 덫이 드러났고, 그 덫의 음흉한 속임수들이 모습을 드러냈다. 뽈과 아가뜨, 죽어가는 환자와 젊은 여인은 그 덫을 만져보고, 뒤집어보고, 그 악랄한 메커니즘의 톱니바퀴들을 하나하나 풀어냈다. 두 사람의 대화를 통해 사악한 엘리자베뜨, 이 방 저 방을 돌아다니던 날 밤의 엘리자베뜨, 음흉하고 악착같은 엘리자베뜨가 모습을 드러냈다.

두 사람은 엘리자베뜨의 음모를 깨달았고, 그러자 아가뜨가 소리쳤다.

"넌 살아야 해!"

그러자 뽈이 신음하듯 말했다.

"너무 늦었어!" 바로 그때, 너무 오래 두 사람을 같이 있게 두었다는 조바심에 쫓겨, 엘리자베뜨가 탕파와 보온병을 가지고 서둘러 돌아왔다. 엄청난 침묵이 흘렀고, 그 침묵의 자리를 죽음의 향기가 이어받았다. 엘리자베뜨는 등을 돌리고 돌아서서, 비밀이 발각되었으리라고는 짐작도 못한 채, 상자들과 약병들을 옮기고, 컵을 찾고, 그 컵에 커피를 따랐다. 그녀가 자기 속임수의 희생자들에게 다가갔다. 두 사람의 시선이 그녀를 멈칫하게 했다. 강렬한 의지가 뽈의 상체를 일으켜세웠다. 아가뜨가 그를 부축했다. 서로 맞닿은 두 사람의 얼굴이 분노로 이글거렸다.

"뽈, 마시지 마!"

아가뜨의 그 외침이 엘리자베뜨의 동작을 멈추게 했다.

"너 미쳤구나." 그녀가 중얼거렸다. "남들이 보면 내가 애를 독살이라도 하는 줄 알겠다."

"넌 그럴 수도 있을 거야."

죽음에 또 하나의 죽음이 보태어졌다. 엘리자베뜨가 비틀했다.

그녀가 뭔가 대꾸하려고 했다.

"괴물! 추악한 괴물!"

뽈이 말할 힘도 없을 거라고 생각했던 엘리자베뜨에게는 뽈의 입에서 나온 그 끔찍한 문장이 한층 더 심각하게 들렸고, 단둘만 있게 해선 안된다는 그녀의 걱정이 옳았음을 증명해주었다.

"추악한 괴물! 추악한 괴물!"

뽈이 계속 말을 이어갔고, 헐떡거렸고, 그 푸른 눈에서 나오는 시선과 가늘게 뜨인 눈꺼풀 사이로 끊임없이 뿜어져 나오는 푸른 불꽃으로 그녀를 죽일 듯이 노려보았다. 그의 아름다운 입술이 경련과 떨림으로 일그러졌고, 두 눈에서는 눈물샘을 말려버린 냉정함이 열에 들뜬 광채와 늑대 눈의 인광으로 번뜩였다.

눈발이 창문들을 후려쳤다. 엘리자베뜨가 한발 물러섰다.

"그래, 맞아." 그녀가 말했다. "그래. 난 질투가 났어. 난 널 잃고 싶지 않았어. 나는 아가뜨가 싫어. 난 저 친구가 너를 이 집에서 빼앗아가는 걸 용납할 수 없었어."

그 고백이 그녀를 고귀하게, 위엄 있게 만들어주었고, 술수와 속임수의 의상을 벗겨주었다. 돌풍에 휘날리듯 머리채가 뒤로 젖혀지면서 그녀의 냉혹하고 좁은 이마가 고스란히 드러났고, 맑고 투명한 눈 위에서 드넓고 웅장한 느낌을 주었다. 모두와 적이 되어 홀로 방을 지키면서, 그녀는 아가뜨와 맞섰고, 뽈과 맞섰고, 온 세상과 맞섰다.

그녀가 서랍장 위의 권총을 집어들었다. 아가뜨가 울부짖었다.

"쟤가 총을 쏘려고 해! 날 죽이려고 해!" 그러면서 횡설수설하고 있는 뽈에게 매달렸다.

엘리자베뜨는 그 우아한 여인을 쏠 생각이 전혀 없었다. 막다른 궁지에 몰리자 최후까지 싸우다가 죽기로 결심한 간첩처럼, 그녀는 자신의 자세를 완성하기 위해 본능적인 동작으로 권총을 움켜쥐었던 것이다.

아가뜨의 신경 발작과 동생의 임박한 죽음 앞에서, 그녀의 도전적인 태도는 그 특권을 상실했다. 그런 고귀함은 아무짝에도 쓸모가 없었다.

그때 겁에 질린 아가뜨의 시야에 문득 이런 광경이 들어왔다. 정신착란으로 무너져내리는 한 여자가 거울로 다가가 얼굴을 찡그리고, 자기 머리를 쥐어뜯고, 두 눈의 초점을 잃어버린 상태에서 혀를 내밀고 있었다. 극도의 내적 긴장 상태 때문에 더이상 멈출 수 없게 된 엘리자베뜨가 자신의 광기를 기괴한 무언극으로 표출하고 있었다. 그것은 극단적인 우스꽝스러움으로 삶을 불가능하게 만들려는 시도, 견뎌낼 수 있는 영역의 한계를 뒤로 물리려는 시도, 그 비극이 더이상 그녀를 용인하지 못하고 축출해버리는 순간에 서둘러 도달하려는 시도였다.

"쟤가 미쳤어! 도와줘요!" 아가뜨가 계속 울부짖었다.

미쳤다는 말이 엘리자베뜨를 거울로부터 돌려세웠고, 극에 달한 그녀의 발작 상태를 누그러뜨렸다. 그녀가 침착해졌다. 그녀는 떨리는 두 손으로 권총과 허공을 그러쥐었다. 고개를 숙인 채, 그녀가 몸을 곧추세웠다.

방이 현기증 나는 비탈 위에서 종말을 향해 미끄러지고 있다는 것, 그러나 종말이 지체되고 있고, 그래서 그 종말을 살아내야 한다는 것을 그녀는 알고 있었다. 긴장은 늦추어지지 않았고, 그래서 그녀는 숫자를 헤아리고, 계산하고, 곱하고, 나누고, 날짜들과 건물들의 호수를 떠올리고, 그 숫자들을 더하고, 그러다가 틀리면 다시 시작했다. 문득 그녀는 자기 꿈속의 구릉이 '모른'morne[20]이라는 단어가 구릉이라는 의미로 사용된 『뽈과 비르지니』[21]에서 나왔다는 것을 기억해냈다. 그녀는 그 책의 무대가 일드프랑스였던가 하는 의문이 들었다. 섬들의 이름이 숫자들을 대체했다. 일드프랑스, 일모리스, 일생루이.[22] 그녀는 그 이름들을 읊조리고 합치고 뒤섞었지만, 그로부터 그녀가 얻어낸 것은 공허감과 착란이었다.

그녀의 침착함이 뽈은 놀라웠다. 그가 눈을 떴다. 그녀가 그를 바라보았고, 그녀는 아득히 멀어져가는 시선, 빠져들어가는 시선, 증오가 은밀한 호기심으로 바뀌어가는 시선과 마주쳤다. 그런 감정 표현을 접하자, 엘리자베뜨는 승리를 예감했다. 남매로서의 본능이 그녀를 고무시켰다. 그 새로운 시선에서 눈을 떼지 않은 채, 그녀는 관성적으로 자신의 작업을 이어갔다. 그녀는 계산하고 또 계산하고 읊조렸고, 그렇게 공허감을 키워가면서 그녀는 뽈이 몽

<hr />

20 'morne'이라는 단어에는 '구름'이라는 뜻 외에도 '음울한'의 뜻도 있다.
21 프랑스 작가 베르나르댕 드 쌩삐에르(Bernardin de Saint-Pierre)가 1787년에 발표한 작품. 인도양의 일드프랑스를 배경으로 남매처럼 성장한 뽈과 비르지니의 비극적 사랑을 묘사한 목가 소설이다.
22 일드프랑스는 일모리스(모리셔스 섬)의 옛 이름이며, 일생루이는 빠리의 쎈 강 한복판, 씨떼 섬 바로 옆에 있는 작은 섬.

롱해지고 있다는 것, 게임을 기억해내고 있다는 것, 그들의 가벼운 방으로 되돌아오고 있다는 것을 알아챘다.

신열이 그녀를 명석하게 만들어주었다. 그녀는 심오한 비결을 깨달았다. 그녀는 환영들을 지배했다. 그때까지는 아무 생각 없이, 쌀뻬트리에르[23] 병원의 환자만큼이나 그 메커니즘을 알지 못하는 채로 꿀벌들처럼 열심히 작업하여 만들어냈던 것을, 마치 기적적인 사건의 영향으로 마비 환자가 일어서듯이, 그녀는 이제 의식적으로 구상하고, 불러일으켰다.

뽈이 오고 있었고, 그녀를 따라오고 있었다. 분명했다. 그런 확신이 바탕이 되어, 그녀의 두뇌가 상상을 초월하는 방식으로 움직이기 시작했다. 그녀는 계속해서, 계속해서, 계속해서 주술을 행사하여 뽈에게 마법을 걸었다. 이미 그녀는 확신하고 있었던바, 뽈은 더이상 아가뜨가 자기 목에 매달리는 것도 느끼지 못했고, 아가뜨의 하소연도 듣지 못했다. 어떻게 했더라면 두 남매가 그녀의 목소리를 들을 수 있었을까? 아가뜨의 외침 소리는 그들이 자신들의 죽음의 영역을 짜나가는 음역대 밑에서 울렸다. 그들은 올라가고 있고, 나란히 올라가고 있다. 엘리자베뜨가 자신의 희생자를 끌어간다. 그리스 배우들의 편상 반장화를 신고, 그들은 아트레우스의 지옥[24]을 떠나고 있다. 이미 신의 법정이 지닌 절대적 통찰력도 어쩌

---

23 빠리의 오래된 정신병원.

24 그리스 신화에서 친부 살해, 영아 살해를 비롯한 각종 살인과 근친상간 등의 비극적 운명에 시달렸던 아트레우스 가문을 가리킨다.

지 못할 터인바, 그들이 믿는 것은 운명의 정령밖에 없을 것이기 때문이다. 잠시만 더 용기를 내면, 그들은 육신이 사라지는 곳, 영혼들이 결혼하는 곳, 근친상간이 더이상 얼씬거리지 못하는 곳에 이를 것이다.

아가뜨는 다른 시대, 다른 장소에서 울부짖고 있었다. 엘리자베뜨와 뽈은 그녀의 울부짖음보다는 창문을 뒤흔드는 장엄한 진동에 더 신경이 쓰였다. 저녁 어스름이 등불의 생경한 조명으로 바뀌었지만 엘리자베뜨가 있는 언저리만은 붉은 천 조각의 자줏빛으로 물들어 있었고, 그녀는 그곳에 보호된 채 머물렀다. 그녀는 공허를 자아냈고, 환한 빛을 바라보며 자신이 서 있는 어둠 쪽으로 뽈을 끌어당겼다.

빈사의 환자 뽈은 기진맥진해 있었다. 그는 엘리자베뜨 쪽으로, 눈(雪) 쪽으로, 게임 쪽으로, 자신들의 유년 쪽으로 몸을 뻗었다. 가느다란 거미줄 하나가 그를 삶에 비끄러매주었고, 혼란스러운 생각을 무감각한 그의 몸뚱어리에 묶어주었다. 그는 자기 이름을 소리쳐 부르고 있는 키 큰 여인, 자기 누이를 제대로 알아보지 못했다. 남자의 쾌감을 기다리느라 자신의 쾌감을 늦추는 연인처럼, 엘리자베뜨도 방아쇠에 손가락을 얹은 채 동생의 치명적인 절정의 순간을 기다리고 있었고, 자기를 따라잡으라고 그에게 외치고 있었고, 두 사람이 마침내 죽음에 속하게 될 그 찬란한 순간을 예감하며 그의 이름을 부르고 있었기 때문이다.

기진한 뽈이 고개를 옆으로 떨구었다. 엘리자베뜨는 끝났다고 생각했고, 권총의 총신을 자기 관자놀이에 갖다 대고 방아쇠를 당겼다. 쓰러지는 그녀의 몸에 깔려서 칸막이 하나가 끙음을 내며 함께 쓰러졌다. 그와 동시에, 눈 덮인 창문의 희끄무레한 빛과 폭격당한 도시의 내밀한 상처가 성곽 안에 생경하게 모습을 드러냈고, 그 비밀의 방을 관객들 앞에 펼쳐진 하나의 극장으로 바꾸어놓았다.

뽈은 창문 뒤에 있는 그 관객들의 모습을 알아보았다.

공포에 짓눌린 아가뜨가 아무 말도 못한 채 엘리자베뜨의 사체에서 흘러나오는 피를 쳐다보고 있는 동안, 뽈은 창문 밖에서 서리와 얼음이 뒤범벅된 좁은 도랑에 몸을 웅크린 채 눈싸움하는 아이들의 코와 볼과 손을 알아보았다. 그는 얼굴들, 짧은 외투들, 모직 목도리들을 알아보았다. 그는 다르즐로를 찾았다. 다르즐로만은 식별이 되지 않았다. 다르즐로의 몸짓, 그의 엄청나게 큰 동작만이 보였다.

"뽈! 뽈! 도와주세요!"

두려움에 떨며, 아가뜨가 그를 들여다보았다.

그런데 그녀는 무엇을 원하는가? 그녀는 무엇을 바라는가? 뽈의 눈빛이 꺼져가고 있다. 실이 끊어지고, 이윽고 날아가버린 그 방에서 이제 남은 것이라곤 악취와 피신해 있는 작은 여인 하나, 작아지고, 멀어지고, 사라지는 한 여인밖에 없다.

쌩끌루에서, 1929년 3월.

『앙팡 떼리블』, 고아들의 특권적인 세계

전환기의 시인·예술가 장 꼭또

20세기 전반 한국문학이 서구의 모더니즘 미학을 수용하는 과정에서 장 꼭또(1899~1963)는 드물지 않게 발견되는 이름 중 하나이다. 예컨대 1930년대 한국 문학의 대표적 작가들인 이상, 김기림 등의 글에서 단편적이기는 하지만 장 꼭또의 이름을 심심찮게 발견할 수 있다. 그런 현상은 일본 문학이 서구 모더니즘을 수용하는 과정에서 당대에 프랑스에서 왕성한 활동을 펼치고 있었던 시인·예술가 장 꼭또의 영향을 적지 않게 받았다는 사실과 무관하지 않다. 장 꼭또에 대한 일본 문학의 평가는 작가 생전에 그의 작품 대부분이 일본어로 번역되었다는 사실에서도 미루어 짐작할 수 있다.

우리나라에 처음으로 번역, 소개된 장 꼭또의 작품은 「귀」(Mon oreille)라는 제목의 2행짜리 시가 아닌가 싶다. 이후로 대중에게도 널리 알려진, "내 귀는 소라껍질/바닷소리를 그리워한다"(1932년 잡지『신생』에 이하윤이 처음 번역해 실었을 때에는 "내 귀는 바닷가의 조개껍데 기 물결치는 그 소리가 그립습니다".)라는 시 말이다. 그리고 1958년에는 『앙팡 떼리블』(*Les Enfants terribles*)이 '무서운 아이들'이라는 제목으로 동아출판사에서 간행한 '세계문학전집'에 포함되어 처음으로 번역되었다. 다시 말해서 우리나라에서도 장 꼭또는 생전에 이미 '세계문학의 고전 작품'을 쓴 작가의 반열에 올라 있었던 셈이다. 그런 사정을 좀더 분명하게 보여주는 글 중의 하나로, 1963년 장 꼭또의 사망을 알리는『경향신문』의 기사(1963년 10월 12일)를 꼽을 수 있다.

"내 귀는 소라껍데기 바다의 소리를 그리워한다." 많은 사람들이 애송하였던 이 시의 주인공 장 꼭또 씨가 세상을 떠났다. (…) 시, 소설, 영화, 그리고 미술 — 그의 예술적 천분은 거의 예술 전반에 미쳐 있었다. 그것도 언제나 전위적인 것이었으며 범인으로서는 흉내도 낼 수 없는 기발한 것들이었다. 천의 눈을 가진 천사들이 있다고 하였지 만 꼭또야말로 천의 손을 가진 예술의 천재였다. (…) 인간 그 자체가 그대로 예술품이었던 장 꼭또의 생애는 이 시대의 한 신화로서 남아 있을 것이 분명하다.

실제로 장 꼭또는 20세기 전반 빠리를 중심으로 활발하게 전개되었던 '젊은' 문학·예술, 다시 말해 비순응주의적, 전위적, 실험적인 문학과 예술의 지지자였고, 시, 소설, 연극, 발레, 데생, 영화를 넘나들며 전방위적인 작품 활동을 벌인 시인이자 예술가였다. 달리 말하면 그는 당대의 문학과 예술의 최전선을 모색하는 '전위(前衛)의 기획자' 중 한 사람이었다. 그래서 그의 삶의 이력 속에는 20세기 전반 서구의 문학·예술사에 굵직한 이름을 남긴 작가와 예술가의 이름들(브르똥, 아라공, 삐까소, 아뽈리네르, 지드, 스트라빈스키, 지아길레프 등), 그리고 이후의 문학과 예술에 큰 영향을 끼친 문학 경향이나 예술 운동의 명칭들(다다, 초현실주의, 입체파 등)이 숱하게 등장한다. 그리고 50여년에 걸친 작품 활동을 통하여 그는 20여편의 시집, 6편의 소설, 20여편의 극작품과 발레 대본, 숱한 비평문과 영화 씨나리오를 발표했다. 또 10여편의 영화를 직접 연출했고, 적지 않은 데생 작품들을 남겼다.

그런 전방위적인 작품 활동에도 불구하고 장 꼭또 자신은 시인이라는 정체성에 아주 큰 애착을 가졌었고, 장르의 경계를 넘나드는 자신의 모든 작품을 '시의 또다른 표현 형식들'로 간주하기도 했다. 물론 그 바탕에는 비가시적인 어떤 원형적인 아름다움에 형태를 부여하는 것이 시라는 생각이 놓여 있었다. 그러나 이후 프랑스 현대문학사에서 그는 시인으로서 그다지 높은 평가를 받지 못했고, 작품 활동 전반에 대한 평가에 있어서도 '전환기의 주요 작가 중 한 사람' 정도의 위상을 차지하고 있다고 말할 수 있을 것 같다. 어쨌든 그의 작품 중에서 가장 많이 언급되고 대중적으로도 널리 알려진 작품 중 하나가 바로 『앙팡 떼리블』(1929)이다. (영화로는 「미녀와 야수」(*La Belle et la Bête*, 1946) 「오르페우스의 유언」(*Le Testament d'Orphée*, 1960) 등을 꼽을 수 있을 것이다.) 요컨대 세계문학의 고전으로서 장 꼭또의 『앙팡 떼리블』이 갖는 의의는 엄격하게 문학사적·시대적 맥락, 20세기 전반 프랑스 문학사의 맥락 또는 한국 현대문학사의 맥락 속에서 파악하는 것이 좋지 않을까 싶다.

'앙팡 떼리블' 또는 '무서운 아이들'

『앙팡 떼리블』은 1958년 『무서운 아이들』(오현우 역)이라는 제목으로 처음 번역된 뒤에 1985년 같은 제목(『무서운 아이들』, 강경화 역)으로 다시 번역되었고, 비교적 최근인 2007년에는 『앙팡 테리블』(오은하 역)이라는 제목으로 새롭게 번역된 바 있다. 또다시 새로운 번역본 하나를 추가하는 이유나 의의에 대해서 묻는다면, 역자의 입장에서는 원론적인 수준의 답변밖에는 내놓을 것이 없다. 번역본은 많을수록 좋다는 것. 다만 제목의 선택에 대해서는 간략하게나마 언급하지 않을 수 없겠다.

프랑스어 표현 'enfant(s) terrible(s)'에 사용된 형용사 'terrible'은 '끔찍한, 소름 끼치는, 무서운' '불쾌한, 견디기 힘든' '지독한,

대단한' '놀라운, 멋진' 등등의 여러가지 사전적 의미를 갖는 어휘이다. 이 다양한 사전적 의미들로부터 '상식·관행·관습의 일반적이고 평범한 기준을 벗어나는 극단적 예외성과 특별함'이라는 공통 요소를 추출해내볼 수는 있다. 어쨌든 세상의 어떤 언어에도 단일한 의미로만 사용되는 어휘는 드물고, 그래서 '무서운 아이들'이라는 역어의 선택도 근본적으로 문제가 되지는 않는다. '무서운'이라는 한국어 형용사의 쓰임과 의미 역시 단일하지는 않기 때문이다. 다만 소설의 제목으로 사용된 프랑스어 원제의 복합적인 울림을 최대한 살리고 싶을 때, '무서운 아이들'이라는 우리말 표현을 사용하는 것보다는 차라리 '앙팡 떼리블'이라고 소리 나는 대로 적고 그 의미는 작품 전체의 맥락 속에 풀어놓는 것도 한가지 방법일 수 있다. 우리가 『앙팡 떼리블』이라는 제목을 선택한 이유도 바로 그것이다. 다만 '앙팡 떼리블'이라는 역어의 단점이 있다면 원제의 복수 표지를 살려내지 못한다는 점이다. 장 꼭또의 이 소설이 다루고 있는 '아이들 세계'의 중요한 특징 중 하나가 비밀결사의 구성원들 사이에서 발견되는 은밀하고 끈끈한 연대 의식 같은 것이기 때문이다.

우리가 '앙팡 떼리블'이라는 역어를 소설의 제목으로 선택할 수 있었던 또다른 이유 중 하나는 그 표현이 이미 우리 문화 속에서도 일종의 외래어처럼 굳어져 사용되고 있다는 점이다. 예컨대 1938년에 희곡으로 발표되어 나중에 영화로도 만들어진 장 꼭또의 작품 『끔찍한(대책 없는, 무서운) 부모들』(*Les parents terribles*)의 경우, 그 제목을 '빠랑 떼리블'로 번역한다면 적절치 않은 선택이 될 것이다. 사실 소설 본문 속에서 '앙팡 떼리블'이라는 표현은 2부의 첫번째 장, "이 무서운 아이들은 무질서, 즉 여러가지 감각이 혼합된 끈적끈적한 잡탕 쎌러드를 탐식한다"(11장, 103면)라는 문장에서 딱 한번 등장한다. 보다시피 그 문장에서는 우리도 '앙팡 떼리블'을 '무서운 아이들'로 옮겼다. 제목은 '앙팡 떼리블'로 옮겼지만, 우리말 문장 속에서까지 그 표현을 사용하는 것은 아무래도 어색해 보이기 때문이다.

프랑스어 형용사 'terrible'이 '기성세대에게 당혹감과 두려움을 불러일으키는 극단적 예외성'이라는 의미로 사용된 용례들, 예컨대 '끔찍한 여자' '대책 없는 아이들' 같은 표현은 프랑스 17세기의 극작가 몰리에르에게서도 이미 발견된다. 또 '앙팡 떼리블'이라는 표현이 '기존의 관습이나 권위에 과감하게 도전하는 젊은이 (들)'이라는 비유적 의미로 사용된 예들도 19세기 중반의 프랑스어 텍스트에서 이미 발견된다. 그러나 20세기에 들어 그 표현이 하나의 비유로 일반화·보편화된 배경에는 장 꼭또의 소설 『앙팡 떼리블』이 만들어낸 각인 효과가 놓여 있는 것이 사실이다.

『앙팡 떼리블』, 유치해서 강렬한 삶/문학

아이들이 사회의 평균적인 도덕과 관습의 규범들을 받아들이면서 성숙한 주체로, 어른으로 성장하는 과정을 우리는 일반적으로 사회화라고 부른다. 그런데『앙팡 떼리블』의 고아 아이들은 관습과 도덕의 규범을 알지 못한다. 소설 속 그들의 삶은 10대 중반에서 20대 초반에 걸쳐 있어서 아이라는 호칭이 부적절해 보일 수도 있지만, 사실 그들은 끝내 '아이들'로 머문다. 어른이 되는 일에 전혀 관심이 없고 어른들의 삶을 철저히 거부하고 경멸한다는 점에서 그렇다. 특히 소설의 주인공인 엘리자베뜨와 뽈 남매는 반사회, 반관습을 자신들의 삶의 기본 원칙으로 삼고 있는 '태생적 테러리스트'에 가깝다. 작가는 그렇게 어른 되기를 거부하는 아이들의 유치한 삶과 세계에 절대적 순수성의 세계라는 신화적 후광을 부여해놓았다.

그러므로 장 꼭또의 관점에서, 아이들의 '유치한 세계'라는 말은 결코 폄하가 아니다.『앙팡 떼리블』의 아이들은 어른이 되기를 거부하면서 끝내 아이들로 남도록 '타고난' 아이들이기에, 그들의 세계는 당연히 유치하다. 그리고 그 아이들의 세계를 묘사하는 작가의 시선도 그들의 세계를 지지하고 옹호하는 시선이라는 점에서, 어느정도는 유치하다. 다만 작가의 시선을 통해, 다시 말해서 장 꼭또의 논리에 의해, 그 유치함은 강렬한 삶, 인간이 가진 비극적 운명의 진실에 근접하는 삶, 신화적인 위엄을 회복한 삶의 불가피한 조건으로 바뀐다.

작가는 소설의 핵심 인물인 엘리자베뜨의 아름다움을 다음과 같이 묘사해놓았다. "야생의 어린 짐승 같은 그녀의 장대한 아름다움"(84면). 사실 이 구절의 대조법(야생의 짐승/장대한 아름다움) 속에는 작가가 소설『앙팡 떼리블』을 통해 독자들에게 전달하고자 하는 메시지의 많은 부분이 함축되어 있다. 그 구절 속에는 남동생을 향한 폭풍 같은 정념의 포로가 되어 끔찍한 '범죄'를 저지르는 엘리자베뜨의 괴물스러움, 그러나 마지막 순간에 자신의 범죄를 고백하는, 그리고 세상의 범속함에 맞서다가 파멸에 이르는 자신의 운명을 권총 자살로 완성하는 엘리자베뜨의 어떤 고귀함과 위엄이 잘 드러나 있기 때문이다. 프랑스 17세기의 고전 비극『페드르』(*Phèdre*)에 빗대어 말하자면, 엘리자베뜨는 '죄의식을 알지 못하는 페드르'라고 할 만하다. 엘리자베뜨를 비롯한 이 '괴물같이 순수하고 아름다운' 아이들에게 국가나 사회, 가정 등등의 공동체와 그 공동체의 규범·질서 따위는 안중에 없다.

『앙팡 떼리블』에서 시 두편이 직간접적으로 인용되고 있는 프랑스의 시인 보들레르는 "무릇 비평이란 편파적이고 열정적이어야 한다"고 쓴 적이 있다. 그런데 소설『앙팡 떼리블』을 통해 드러나는 장 꼭또의 삶·예술·아름다움에 대한 관점이야말로 지극히 편파적이고 열정적이다. 그는 현실 원칙에 맞서는 순수·아름다움·무용성의 가치를 열정적으로 옹호하고, 로고스(이성적 논리와 합리적 진리의 세계)에 맞서는 뮈토스(허구와 상상과 믿음의 세계)를 지지한다. 소설 속에서 보들레르의 시가 인용되거나 언급되는 까닭도 그런 맥락 속에서 짐작할 수 있다. 장 꼭또의 보들레르는 '무릇 아름다움은 기이하고 독특해야 한다'고 믿는 보들레르, "이 세상 밖이라면 어디라도"(N'importe ού hors du monde)라고 외치는 보들레르, 그리고 그런 아름다움에 대한 헌신과 도취를 통해 현실의 권태와 무기력으로부터 벗어나기를 갈망하는 보들레르이다.

그리하여 『앙팡 떼리블』의 고아 아이들은 자신들만의 방에서 자신들만의 게임에 몰두한다. 그 아이들의 세계는 서로가 서로에게 '반신(半神), 우상, 사제, 신도'가 되는 세계이고, 범죄와 파렴치함과 잔혹함조차도 순진무구로 바뀌는 세계이며, 가장 하찮고 보잘 것없는 존재들조차도 현실의 논리에서 벗어나 '상상계의 높은 하늘'로 올라가는 세계이다. 말하자면 그들의 방은 '영원한 유년'의 주제가 상연되는 무대이고, 아이들은 그 무대의 배우들이다. 작가는 그렇게 세상의 모든 것에 신화적 후광을 둘러줄 수 있는 아이들의 능력을 '시적 성향'이라고, 그리고 그런 아이들의 존재 자체를 '예술품' '걸작'이라고 부른다. 다만 그것은 어른들의 눈으로는 더 이상 해독이 불가능한 걸작이다. '아이들의 방' 또한 어른들의 눈으로는 해독 불가능한 기호들, 비정상·무질서·일탈·혼돈의 기호들로 가득하다. 그러나 『앙팡 떼리블』에서 그 방은 생명의 활력을 잃어버린 현실 세계의 예외적인 지점, 즉 생명이 망명·은폐해 있다가 예기치 않은 순간에 출현하는 지점으로 제시된다. 소설 속의 비유를 빌리자면, 현실 세계를 설계한 '건축가의 계산 착오'(111면) 또는 '이성이라는 기계장치의 오작동'(93면)에서 비롯된 공간으로, 그리하여 현실 세계와 원초적 신화 세계의 가장자리에 두루 걸쳐 있는 공간으로 제시되는 것이다. 그 방에서 아이들은 인간의 원초적 무의식에 뿌리를 내리고 있는 영원한 유년과 젊음의 주제들을 무대에 올린다.

그 아이들에게 현실의 삶이란 자신들의 환영 같은 삶-연극의 사이사이에 끼어드는 막간 휴식 시간 같은 것에 불과하다. 그들은 사회, 물질, 가정, 노동, 요컨대 우리가 '현실의 삶' 또는 '지상의 삶'이라고 부르는 세계의 온갖 세목들에 대해 철저하게 무관심하다. 그렇다면 그들은 자신들의 생계 문제, 소위 현실적·물질적인 생존의 문제는 어떻게 해결하는 것일까. 그들의 신화적인 세계, 아름다운 무상성의 세계를 엄혹한 현실 원칙으로부터 지켜주는 것은 소설 속에서 우연의 방식으로 아이들에게 제공되는 물질적 풍요라는 울타리이다. 마치 오래전 서구 사회의 시인과 예술가들에게 후원자가 있었던 것처럼, 『앙팡 떼리블』의 고아 아이들에게는 막대한 유산을 남기거나 물질적 호의를 베풀어주어서 그들의 '걸작' 같은 삶을 후원해주는 몇몇 어른의 선의가 있다. 그런데 이는 동화나 통속 드라마의 서사에서 흔히 볼 수 있는 요소들이고 소설 구성의 긴장과 밀도를 떨어뜨리는 요소들이지만, 작가는 별로 개의치 않는다. 장 꼭또는 삶에 대한 정치경제적, 사회적, 역사적 관점을 단숨에 뛰어넘어버리기 때문이다. 그는 아름다움과 시와 예술을 하나로 묶어 신화의 차원에 위치시키면서, 삶의 현실을 철저하게 그 신화의 세계와 대립시킨다. 그리고 그가 말하는 아름다움과 시에 대한 성향은 예외적인 소수의 '고아들'만이 운명적으로 타고나는 소질이자 기질에 가깝다.

그렇다고 해서 그 아이들의 세계가 결코 평화롭고 조화로운 세계인 것은 아니다. 그랬더라면 『앙팡 떼리블』은 말 그대로 동화의 수준에 머물고 말았을 것이다. 아이들은 신화적인 아름다움을 경배하는 사제들이면서 동시에 자신들이 연출하는 그 종교의식의 희생자들이기도 하다. 장 꼭또가 믿는 아름다움은 인간에게 비극적인 삶의 주인공이 될 것을 요구하기 때문이다. 요컨대 그 아이들은 비극의 배우들이고, 장 꼭또가 생각하는 삶의 위엄 또한 삶의 비극적인 깊이에서 비롯되는 위엄이다. 장 꼭또가 오르페우스의 신화에 그토록 애착을 가졌던 이유도 아마 거기 있을 것이다.

오르페우스는 궁극적으로 죽음이라는 인간 존재의 근본적인 한계를 극복하지 못한다. 마찬가지로, 소설 속에서 '아이들의 방'은 아름다움에 바쳐진 일종의 성소로 묘사되기는 하지만, 장 꼭또가 생각하는 아름다움과 시는 궁극적으로 인간의 삶과 계(界)를 달리하는 '절대적 성소'이다. 그래서 현실을 지배하는 이성과 합리성과 계산의 원리는 아름답고 강렬한 삶의 적이지만, 마침내 승리하는 것은 결국 이성의 원리라고 할 수 있다. 아이들의 순수하지만 혼란스러운 삶은 필연적으로 전락과 죽음을 향해 달음박질할 수밖에 없고, 그 속도에 실려 가는 아이들은 자신들 앞에 깊은 구멍처럼 입을 벌리고 있는 죽음 앞에서 공포와 매혹을 동시에 느낀다. 소설의 말미에서 두 남매는 죽음을 통해 이루어지는 두 영혼의 영원한 결합이라는 환영을 보기도 하지만, 방 안에 낭자한 피와 악취 속에서 묘사되는 엘리자베뜨의 모습은 광기에 사로잡힌 괴물의 형상이기도 하다.

말하자면 장 꼭또가『앙팡 떼리블』에서 말하고자 하는 삶과 예술의 아름다움은 일종의 '독덩어리' 같은 것이다. 그것이 죽음을 통하지 않고서는 절대로 도달할 수 없는 신화적 위엄과 성스러움의 세계라는 점에서 그렇다. 다만 고아 아이들은 그 독덩어리가 주는 매혹과 공포에 자기 자신을 아낌없이 던지는 아이들이다. 그런 삶을 장 꼭또는 '예술과 구별되지 않는 삶'이라는 의미에서 미학적 삶이라고 부르고 싶었을지도 모르겠다. 작가는 아이들, 특히 엘리자베뜨의 정념을 서둘러 파국으로 이끌어가서, 선악을 넘어서는 '미학적 삶'의 신화적·비극적 운명을 완성시키고 싶어하는 것처럼 보인다. 예컨대 그 서두름은 소설 속에서 아이들의 조역으로 등장하는 몇몇 어른(남매의 부모, 제라르의 외삼촌, 아가뜨의 부모 등)의 삶을 단 몇개의 문장으로 간략하게 묘사해버리는 작가의 태도에서도 잘 드러난다. 소설 속의 표현을 빌리자면, 걸작은 "줄거리의 진행이나 다가오는 결말"(104면) 같은 사소하고 지엽적인 것에 신경 쓰느라고 에너지를 소모하지 않기 때문이다. 다시 말해서『앙팡 떼리블』의 글쓰기는 냉정하고 객관적이기보다는 열에 들떠 있고 격정적이다. 그리고 독자들에게 소설『앙팡 떼리블』이 시적으로 읽힌다면, 그것은 파국을 향해 두 남매를 이끌어가는 광포한 정념의 지도(地圖)를 숨 가쁘게 묘사하는 작가의 열기 때문일 것이다. 마약이나 아편을 대체하는 글쓰기의 효과라고나 할까.

선악의 논리 너머에 있는 아름다움의 추구, 삶과 예술을 아름다움이라는 동일한 하나의 기준으로 바라보려는 태도…… 이는 물론 근대 모더니즘 미학의 특징 중 하나이다. 그러나 20세기 전반의 서구, 나아가서 비슷한 시기 한국의 특수한 역사적 조건 속에서 좀더 강한 호소력을 가질 수 있었던 관점과 태도라고도 할 수 있다. 그 역사적 조건을 딱히 명시하기는 어렵지만, 삶의 기존 질서에 대한 환멸과 절망의 감정 때문에 독자 대중이 '죽음을 무릅쓰는 강렬한 삶에 대한 갈망'에서 어떤 전율까지도 느낄 수 있었던 조건이라고, 조금 뭉뚱그려서 말해볼 수는 있을 것이다.

우리나라의 한 문학연구자는 『앙팡 떼리블』을 언급하는 글에서 '잔혹 동화'라는 표현을 쓴 적이 있다. 약간 도발적으로 표현하자면, 만 40세의 나이에 이런 '유치한' 아이들의 세계를 열정적으로 형상화할 수 있었다는 것이야말로 어쩌면 장 꼭또의 재능에 해당할 것이다. 다만 문제는 이미 오래전에 문학도 예술도 세상도 어른이 되어버렸다는 데 있다. 문학도 예술도 삶도 걱정하고 염려하고 배려해야 할 문제들이 아주 많아졌다는 뜻에서 그렇다.

후기

근본적으로는 역자의 역량이 문제겠지만, 사실 『앙팡 떼리블』의 문장들은 매끄러운 우리말로 옮기기가 수월치 않을 때가 많다. 그래서 기존 번역본에서 아쉽게 느껴졌던 부분들을 보완해보려고 최

대한 애썼지만, 그 과정에서 오히려 더 나쁜 번역을 만들어놓은 것은 아닌지 염려스럽기도 하다. 어쨌든 번역 초고를 읽고 유익한 충고들을 해주신 서울대 불문학과의 정혜용 선생, 그리고 마지막 교정 과정에서 꼼꼼한 편집자의 눈으로 숱한 번역투 문장들을 자연스러운 우리말으로 고쳐주신 창비 편집부의 허원 씨에게도 감사드린다.

심재중(서울대 불어불문학과 강사)

작가연보

1889년   7월 5일, 빠리 근교 메종라피뜨에서 3남매 중 막내로 태어남. 유복
          하고 예술가적인 집안에서 유약하고 예민한 아이로 성장.

1898년   정확하게 밝혀지지 않은 이유로 아버지가 머리에 권총을 쏘아 자
          살함.

1900년   꽁도르세 고등학교 부속중학교에 입학하여『앙팡 떼리블』(Les Enfants
          terribles)에 등장하는 동급생 다르즐로(Pierre Dargelos)를 만남.

1902년   꽁도르세 고등학교에 진학. 데생과 독일어에서 좋은 성적을 받음.

1904년   잦은 결석 때문에 꽁도르세 고등학교에서 퇴학당함. 페늘롱 고등학
          교로 전학.

1906년   대학입학자격시험에 낙방. 이 무렵부터 학업보다 시와 연극에 더

홍미를 느끼기 시작함.

1909년 첫 시집 『알라딘의 램프』(*La Lampe d'Aladin*) 출간. 러시아 발레
단의 빠리 공연을 계기로 써르게이 지아길레프(Sergei Pavlovich
Diaghilev)와 교류.

1911년 작가 알랭푸르니에(Henri Alain-Fournier)와 샤를 뻬기(Charles
Péguy), 작곡가 스트라빈스키(Igor Stravinsky) 등과 교류.

1913년 작가 앙드레 지드(André Paul Guillaume Gide)를 처음으로 만남. 비
행사 롤랑 가로스(Roland Garros)와 교류.

1914년 제1차 세계대전 발발과 함께 간호병으로 참전.

1915년 에리끄 싸띠(Erik Satie) 등의 음악가들과 삐까소(Pablo Ruiz Picasso)
등의 화가들과 교류.

1918년 군대에서 제대. 삐까소와 올가 호흘로바(Olga Khokhlova)의 결혼식
에 아뽈리네르(Guillaume Apollinaire), 막스 자꼬브(Max Jacob)와
함께 증인을 섬.

1919년 미래파, 다다, 입체파의 영향이 깊게 밴 시집 『희망봉』(*Le Cap de
Bonne-Espérance*)과 소설 『뽀또마끄』(*Le Potomak*) 출간. 14세 연하의
젊은 작가 레몽 라디게(Raymond Radiguet)를 만나 친밀한 관계를
맺음.

1920년 시집 『시』(*Poésies*) 출간. 다다 선언에 참여했지만 트리스땅 짜라
(Tristan Tzara) 등과의 불화 때문에 결별.

1922년 평론집 『직업의 비밀』(*Le Secret professionnel*) 출간.

1923년 소설 『위선자 또마』(*Thomas l'imposteur*) 출간. 레몽 라디게의 갑작스

러운 죽음에 깊이 상심함. 일시적으로 가톨릭에 귀의.

1924년   발레 대본 『에펠 탑의 신랑 신부』(*Les Mariés de la Tour Eiffel*) 출간. 지아길레프 등의 권유로 정신적 안정을 찾기 위해 아편을 피우기 시작.

1925년   아편 중독 치료를 받음. 시집 『천사 외르뜨비즈』(*L'Ange Heurtebise*) 출간.

1926년   초현실주의 그룹과 불화함. 연극 「오르페우스」(Orphée) 초연. 작가 장 데보르드(Jean Desbordes)를 만나 친밀한 관계를 맺음.

1928년   아편 중독 치료소에서 레몽 루셀(Raymond Roussel)을 만남. 17일 만에 『앙팡 떼리블』(*Les Enfants terribles*)을 집필.

1929년   소설 『앙팡 떼리블』 출간.

1930년   영화 「시인의 피」(Le Sang d'un poète) 발표. 아편 중독 치료 경험의 기록인 『아편』(*Opium*) 출간.

1933년   장 데보르드와 결별. 아편 중독 치료를 받음.

1934년   연극 「지옥의 기계」(La Machine infernale) 초연.

1936년   비서인 마르셀 낄과 함께 '80일 동안의 세계 일주'를 하면서 여행기를 몇달에 걸쳐 『빠리수아르』(*Paris-Soir*)지에 연재.

1938년   연극 「끔찍한 부모들」(Les Parents terribles) 초연.

1943년   영화 「영원 회귀」(L'Éternel Retour) 발표.

1945년   영화 「미녀와 야수」(La Belle et la Bête) 발표.

1950년   영화로 제작된 「오르페우스」가 깐 영화제에 출품되었고, 베니스 영화제에서는 국제비평가상을 수상.

1951년 연극 「바쿠스」(Bacchus) 초연. 프랑수아 모리아끄(François Mauriac)
가 문학지에 「바쿠스」를 비판하는 평론을 발표하자 꼭또도 「당신
을 고발한다: 프랑수아 모리아끄에게 보내는 공개서한」(Je t'accuse:
lettre ouverte à François Mauriac)이라는 글을 『프랑스수아르』
(France-Soir)지에 발표.

1953년 니스에서 회화, 데생, 태피스트리 작품 전시회 개최. 깐 영화제에 심
사위원장으로 참여.

1955년 아카데미 프랑세즈의 회원이 됨. 파스텔화 기법을 배워서 몇달 뒤
에 파스텔화 전시회 개최.

1960년 영화 「오르페우스의 유언」(Le Testament d'Orphée) 발표. 앙드레 브
르똥(André Breton), 알베르 까뮈(Albert Camus), 삐에르 사제(l'abbé
Pierre) 등과 함께 '양심적 불복종의 권리' 운동에 참여.

1963년 10월 11일, 빠리 근교의 미유이라포레에서 심장 마비로 사망.

고전의 새로운 기준, 창비세계문학

　오늘날 우리는 인간의 존엄과 개성이 매몰되어가는 시대를 살고 있다. 물질만능과 승자독식을 강요하는 자본주의가 전지구적으로 확산되면서 현대사회는 더 황폐해지고 삶의 질은 크게 훼손되었다. 경제성장만이 최고의 선으로 인정되고 상업주의에 물든 문화소비가 삶을 지배할수록 문학은 점점 더 변방으로 밀려나고 있다. 삶의 본질을 성찰하는 문학의 자리가 위축되는 세계에서는 가진 자와 못 가진 자 할 것 없이 모두가 불행할 수밖에 없다.

　이 시대야말로 인간답게 산다는 것의 의미가 무엇인지 근본적인 화두를 다시 던지고 사유의 모험을 떠나야 할 때다. 우리는 그 여정에 반드시 필요한 벗과 스승이 다름 아닌 세계문학의 고전이라는 점을 강조한다. 고전에는 다양한 전통과 문화를 쌓아올린 공동체의 경험이 녹아들어 있고, 세계와 존재에 대한 탁월한 개인들의 치열한 탐색이 기록되어 있으며, 새로운 세상을 꿈꾸는 아름다운 도전과 눈물이 아로새겨 있기 때문이다. 이 무궁무진한 상상력의 보고이자 살아 있는 문화유산을 되새길 때만 개인의 일상에서 참다운 인간적 가치를 실현하고 근대적 삶의 의미와 한계를 성찰하는 지혜를 얻을 수 있을 것이다.

'창비세계문학'은 이러한 문제의식에서 출발한다. 세계문학의 참의미를 되새겨 '지금 여기'의 관점으로 우리의 정전을 재구성해야 할 필요성이 그 어느 때보다 절실하다. '정전'이란 본디 고정된 목록으로 존재하는 것이 아니라 그때그때 주어진 처소에서 새롭게 재구성됨으로써 생명을 이어가는 것이다. 우리는 먼저 전세계 문학들의 다양성과 차이를 존중하면서 국가와 민족, 언어의 경계를 넘어 보편적 가치에 기여할 수 있는 가능성에 주목하고자 한다. 근대를 깊이 성찰한 서양문학뿐 아니라 아시아와 라틴아메리카, 중동과 아프리카 등 비서구권 문학의 성취를 발굴하고 재평가하는 것 역시 세계문학의 지형도를 다시 그리려는 창비의 필수적인 작업이 될 것이다.

여러 전집들이 나와 있는 세계문학 시장에서 '창비세계문학'은 세계문학 독서의 새로운 기준이 되고자 한다. 참신하고 폭넓으면서도 엄정한 기획, 원작의 의도와 문체를 살려내는 적확하고 충실

한 번역, 그리고 완성도 높은 책의 품질이 그 기초이다. 독서시장을 왜곡하는 값싼 유행과 상업주의에 맞서 문학정신을 굳건히 세우며, 안팎의 조언과 비판에 귀 기울이고 독자들과 꾸준히 소통하면서 진정 이 시대가 요구하는 세계문학이 무엇인지 되묻고 갱신해나갈 것이다.

1966년 계간 『창작과비평』을 창간한 이래 한국문학을 풍성하게 하고 민족문학과 세계문학 담론을 주도해온 창비가 오직 좋은 책으로 독자와 함께해왔듯, '창비세계문학' 역시 그러한 항심을 지켜나갈 것이다. '창비세계문학'이 다른 시공간에서 우리와 닮은 삶을 만나게 해주고, 가보지 못한 길을 걷게 하며, 그 길 끝에서 새로운 길을 열어주기를 소망한다. 또한 무한경쟁에 내몰린 젊은이와 청소년들에게 삶의 소중함과 기쁨을 일깨워주기를 바란다. 목록을 쌓아갈수록 '창비세계문학'이 독자들의 사랑으로 무르익고 그 감동이 세대를 넘나들며 이어진다면 더없는 보람이겠다.

2012년 가을
창비세계문학 기획위원회
김현균 서은혜 석영중 이욱연 임홍배 정혜용 한기욱

창비세계문학 48

앙팡 떼리블

초판 1쇄 발행/2016년 7월 25일

지은이/장 꼭또
옮긴이/심재중
펴낸이/강일우
책임편집/허원
조판/신혜원 박지현
펴낸곳/(주)창비
등록/1986년 8월 5일 제85호
주소/10881 경기도 파주시 회동길 184
전화/031-955-3333
팩시밀리/영업 031-955-3399 편집 031-955-3400
홈페이지/www.changbi.com
전자우편/lit@changbi.com

한국어판 ⓒ (주)창비 2016
ISBN 978-89-364-6448-6 03860